国际大奖小说
英国惠布瑞特儿童文学奖提名奖

老爸变形记

Madame Doubtfire

[英] 安妮·范恩 / 著
雪纯 / 译

天津出版传媒集团
新蕾出版社

图书在版编目（CIP）数据

老爸变形记/(英)安妮·范恩(Anne Fine)著；
雪纯译.——天津：新蕾出版社，2022.9(2023.7重印)
(国际大奖小说)
书名原文：Madame Doubtfire
ISBN 978-7-5307-7393-2

Ⅰ.①老… Ⅱ.①安… ②雪… Ⅲ.①儿童小说-中篇小说-英国-现代 Ⅳ.①I561.84

中国版本图书馆 CIP 数据核字(2022)第 102044 号

MADAME DOUBTFIRE ⓒ Anne Fine, 1987
Simplified Chinese translation copyright ⓒ 2022 by New Buds
Publishing House (Tianjin) Limited Company
ALL RIGHTS RESERVED
津图登字：02-2019-418

书　　名	老爸变形记 LAOBA BIANXING JI
出版发行	天津出版传媒集团 新蕾出版社
	http://www.newbuds.com.cn
地　　址	天津市和平区西康路 35 号(300051)
出 版 人	马玉秀
电　　话	总编办(022)23332422 发行部(022)23332351　23332679
传　　真	(022)23332422
经　　销	全国新华书店
印　　刷	天津新华印务有限公司
开　　本	880mm×1230mm　1/32
字　　数	140 千字
印　　张	6.5
版　　次	2022 年 9 月第 1 版　2023 年 7 月第 2 次印刷
定　　价	30.00 元

著作权所有，请勿擅用本书制作各类出版物，违者必究。
如发现印、装质量问题，影响阅读，请与本社发行部联系调换。
地址：天津市和平区西康路 35 号
电话：(022)23332677　邮编：300051

一辈子的书

◎梅子涵

◆亲近文学◆

一个希望优秀的人,是应该亲近文学的。亲近文学的方式当然就是阅读。阅读那些经典和杰作,在故事和语言间得到和世俗不一样的气息,优雅的心情和感觉在这同时也就滋生出来;还有很多的智慧和见解,是你在受教育的课堂上和别的书里难以如此生动和有趣地看见的。慢慢地,慢慢地,这阅读就使你有了格调,有了不平庸的眼睛。其实谁不知道,十有八九你是不可能成为一个文学家的,而是当了电脑工程师、建筑设计师……可是亲近文学怎么就是为了要成为文学家,成为一个写小说的人呢?文学是抚摸所有人的灵魂的,如果真有一种叫作"灵魂"的东西的话。文学是这样的一盏灯,只要你亲近过它,那么不管你是在怎样的境遇里,每天从事怎样的职业和怎样地操持,是设计房子还是打制家具,它都会无声无息地照亮你,使你可能为一个城市、一个家庭的房间又添置了经典,添置了可以供世代的人去欣赏和享受的美,而不是才过了几年,人们已经在说,哎哟,好难看哟!

谁会不想要这样的一盏灯呢?

◆阅读优秀◆

文学是很丰富的,各种各样。但是它又的确分成优秀和平庸。我们哪怕可以活上三百岁,有很充裕的时间,还是有理由只阅读优秀的,而拒绝平庸的。所以一代一代年长的人总是劝说年轻的人:"阅读经典!"这是他们的前人告诉他们的,他们也有了深切的体会,所以再来告诉他们的后代。

这是人类的生命关怀。

美国诗人惠特曼有一首诗:《有一个孩子向前走去》。诗里说:

有一个孩子每天向前走去,

他看见最初的东西,他就变成那东西,

那东西就变成了他的一部分……

如果是早开的紫丁香,那么它会变成这个孩子的一部分;如果是杂乱的野草,那么它也会变成这个孩子的一部分。

我们都想看见一个孩子一步步地走进经典里去,走进优秀。

优秀和经典的书,不是只有那些很久年代以前的才是,只是安徒生，只是托尔斯泰，只是鲁迅；当代也有不少。只不过是我们不知道，所以没有告诉你；你的父母不知道，所以没有告诉你；你的老师可能也不知道，所以也没有告诉你。我们都已经看见了这种"不知道"所造成的阅读的稀少了。我们很焦急，所以我们总是非常热心地对你们说，它们在哪里，是什么书名，在哪儿可以买到。我就好想为你们开一张大书单，可以供你们去寻找、得到。像英国作家斯蒂文生写的那个李利一样，每天快要天黑的时候，他就拿着提灯和梯子走过来，在每一家的门口，把街灯点亮。我们也想当一个点灯的人，让你们在光亮中可以看见，看见那一本本被奇特地写出来的书，夜晚梦见里面的故事，白天的时候也必然想起和流连。一个孩子一天天地向前走去，长大了，很有知识，很有技能，还善良和有诗意，语言斯文……

同样是长大，那会多么不一样！

◆ 自己的书 ◆

优秀的文学书，也有不同。有很多是写给成年人的，也有专门写给孩子和青少年的。专门为孩子和青少年写文学书，不是从古就有的，而是历史不长。可是已经写出来的足以称得上琳琅和灿烂了。它可以算作是这二三百年来我们的文学里最值得炫耀的事情之一，几乎任何一本统计世纪文学成就的大书里都不会忘记写上这一笔,而且写上一个个具体的灿烂书名。

它们是我们自己的书。合乎年纪,合乎趣味,快活地笑或是严肃地思考,都是立在敬重我们生命的角度,不假冒天真,也不故意深刻。

它们是长大的人一生忘记不了的书,长大以后,他们才知道,原来这样的书,这些书里的故事和美妙,在长大之后读的文学书里再难遇见,可是因为他们读过了,所以没有遗憾。他们会这样劝说:"读一读吧,要不会遗憾的。"

我们不要像安徒生写的那棵小枞树,老急着长大,老以为自己已经长大,不理睬照射它的那么温暖的太阳光和充分的新鲜空气,连飞翔过去的小鸟,和早晨与晚间飘过去的红云也一点儿都不感兴趣,老想着我长大了,我长大了。

"请你跟我们一道享受你的生活吧!"太阳光说。

"请你在自由中享受你新鲜的青春!"空气说。

"请你尽情地阅读属于你的年龄的文学书吧!"梅子涵说。

现在的这些"国际大奖小说"就是这样的书。

它们真是非常好,读完了,放进你自己的书架,你永远也不会抽离的。

很多年后,你当父亲、母亲了,你会对儿子、女儿说:"读一读它们,我的孩子!"

你还会当爷爷、奶奶、外公和外婆,你会对孙辈们说:"读一读它们吧,我都珍藏了一辈子了!"

一辈子的书。

目录

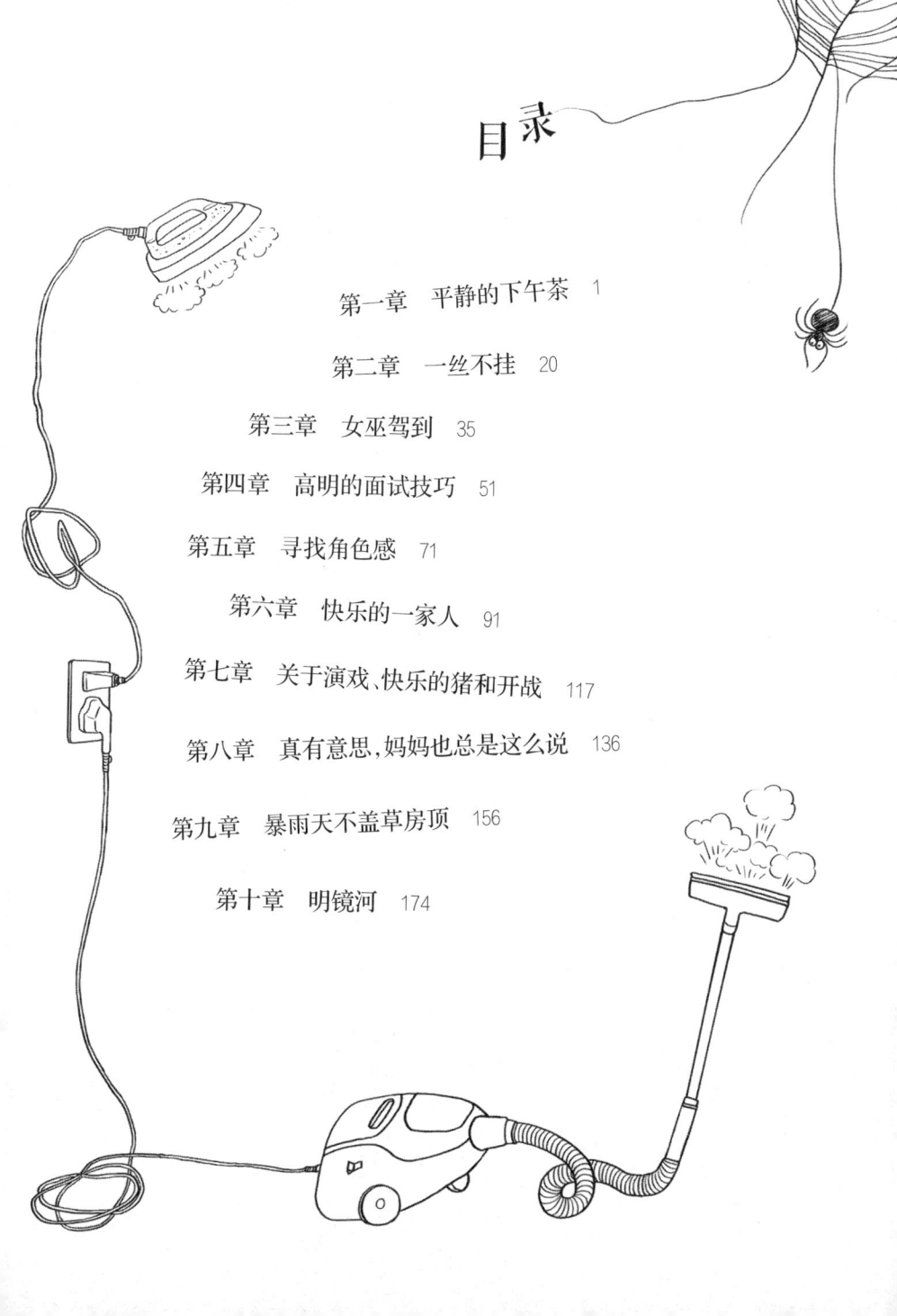

第一章　平静的下午茶　1

第二章　一丝不挂　20

第三章　女巫驾到　35

第四章　高明的面试技巧　51

第五章　寻找角色感　71

第六章　快乐的一家人　91

第七章　关于演戏、快乐的猪和开战　117

第八章　真有意思，妈妈也总是这么说　136

第九章　暴雨天不盖草房顶　156

第十章　明镜河　174

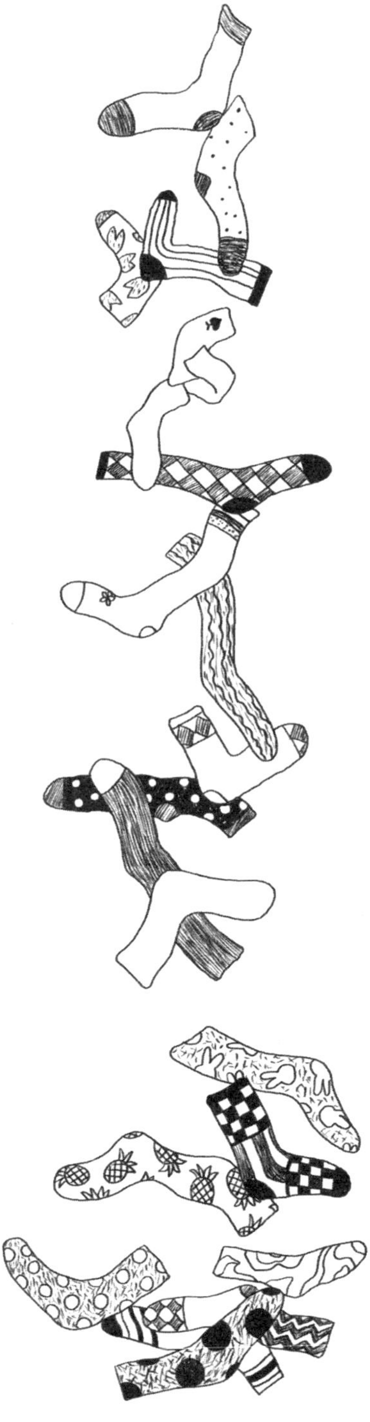

第一章　平静的下午茶

往楼上走的这一路,几个孩子一直吵吵闹闹,谁也不想拿着那个信封。快到顶楼时,莉迪娅仗着自己个头儿高,把信封硬塞到了克里斯托弗的套头衫里。克里斯托弗又把信封掏出来,使劲往娜塔丽的手里塞。

"拿着,娜宝。"他说,"把它交给爸爸。"

娜塔丽拼命地摇头,头发甩来甩去的,把脸蛋儿都拍红了。她把手背到身后,十指紧紧地交叉在一起。于是,克里斯托弗就把信封顺着她的背心裙领口掖了进去,就掖在裙子上缝的那几只毛毡小黄鸭的后面。娜塔丽的眼泪立刻涌了上来。丹尼尔·希拉德为他的孩子们开门的那一刻,她正在"嘤嘤"地哭泣。

丹尼尔俯下身,把她抱了起来。

"你们为什么总是要把她惹哭呢?"他问另外两个孩子。

莉迪娅转头看着别处。克里斯托弗的脸红了。

"对不起。"两人说。

丹尼尔抱着娜塔丽穿过门厅,来到厨房,让她坐在桌沿儿上。听到她衣服里有纸摩擦发出的"沙啦沙啦"的声音,丹尼尔便伸手进去,从毛毡小黄鸭后面拿出了那封信。

"啊哈!"他喊道,"又是一封用有毒的笔写的家书。所以,你们的母亲最近可好呀?"

"她很好,谢谢关心。"莉迪娅的语气中带着些许冷淡的客气。

"那我可太开心了。"他说,"我可不希望听到她患上了阿米巴痢疾,或是感染了沙门氏菌,又或者是得了带状疱疹。"他的眼睛开始放光,嘴角斜挂着一抹笑意:"要不就是拉沙热,或者狂犬病,或者……"

"上星期她有点儿轻微的感冒。"莉迪娅打断了她父亲的话,"不过没真的闹起来。"

"可惜呀……"丹尼尔说,"那真是太可惜了。"

没人答话。克里斯托弗此时正蹲在鸟笼前,对笼子里的鹩鹑吹着口哨儿。那披着一身银灰色羽毛的"小圆球"正兴奋地"啾啾"叫着,在笼子里蹦上跳下。而莉迪娅在好奇地翻看着那堆凌乱地摊放在桌上的文件。

娜塔丽说道:"爸爸,妈妈让我们捎来她对你的爱。"

"真的？"丹尼尔很吃惊,"她真这样说了？"

"假的。"克里斯托弗一边说,一边伸手到鸟笼里去抚摸他的宠物。

"当然没说。"莉迪娅说,"这话是娜塔丽编的,也可能是她从电视上或什么地方学来的。"

丹尼尔一把抱住小女儿,用力搂了搂她。

"哎呀,娜宝。"他说,"有时候也挺难为你的,对不对？"

娜塔丽把脸埋进他的臂弯里。

"可以不这么难为她的,"莉迪娅说,"如果你自己肯多做一点儿努力的话。"

越过娜塔丽的头发边缘,丹尼尔犀利地瞥了大女儿一眼。

"你这话是什么意思？"

"我的意思是,"莉迪娅说,"我们只有每周二下午茶的时候,以及隔周的周末才过来,没多少时间。所以,让娜宝不用在这么短的时间里还听到那么难听的话,那该有多好。"

"难听的话？"丹尼尔装出一脸困惑的样子。

"你懂的,"莉迪娅说,"'有毒的笔',还有那一大串病……"

"你说得对,"丹尼尔说,"说得很对。我是该多做些努力,就从现在做起。"他深吸了一口气。"听到你们妈妈身体还不错的消息,我很高兴……"他顿了一下,继续说道,"我还是别现在读她的信了,免得我为自己刚刚说的话感到后悔。我先把它放在书架上面,过会儿再看。"

他把那封信塞进一包巧克力粉和一大袋鸟粮之间的夹缝里,又冲着它愤恨地瞪了几眼,这才转过身来面对他的孩子们。

"但愿这回的信只是提醒我在你们回家的时候记得给你们带好外套,或者诸如此类的事。"

莉迪娅和克里斯托弗对望了一眼。他们心知肚明,因为他们已经读过那封信了。

事实上,母亲写给父亲的每一封信他们都读过。他们把这种行为称为"自我保护",甚至还为此形成了一套流程。莉迪娅负责撕开信封,把信取出来,姐弟两人一起默默地读信。读完之后,克里斯托弗会把信纸按照原来的折痕重新叠好,放进他从桌上一个盒子里取出来的新信封当中。接着,他会把信封递到娜塔丽面前,娜宝总是会非常顺从地伸出舌头,舔湿信封口上的胶水条,再由克里斯托弗把信封粘好。就这样,他们各自承担了一部分责任,万一事情败露,也可以由三个人共同接受责罚。

"肯定就是说外套的事。"丹尼尔又说了一遍,心里却不能完全肯定。他朝放信封的地方又狠狠瞪了一眼。

"可能吧。"莉迪娅说,"妈妈这星期确实提过好几次,说我们没有外套太不方便了。"

丹尼尔有些恼火。

"你们还有别的外套呀,还有去年冬天我给你们买的那几件哪!"孩子们都没吭声。

"她不喜欢我买的衣服,对吧?"他说。

为了转移这个话题,莉迪娅问道:"现在能吃点心了吗?我们真的很饿。"

"那些外套,"丹尼尔还在继续,"那些外套,去年冬天我给你们买的天价外套,你们来我这儿的时候从来没穿过。实际上,我就一次都没见你们穿过!"一抹淡淡的阴影笼上了他的眼周。孩子们都转头看着别处,他们知道这种脸色意味着什么。"你们不穿那些衣服,对吗?对,你们不穿!她不喜欢,所以她就不允许你们穿!"

"我穿过。"娜塔丽说道,"我在篝火之夜穿过我那件外套,还有去滑雪橇的时候,还有公园里发大水,到处都是泥巴的那一次,还有我们坐着纸板箱子从山顶滑下来的那回,妈妈觉得那个地方可能会有狗屎……"

"看见了吧?"丹尼尔发出胜利般的吼叫,"看见了吧?她让你们穿我买的衣服,只是因为担心她买的那些会被烧坏、撕破或者弄脏,或者……(他心里想着狗屎)更糟!"

他眼周那圈令人不安的阴影更深了。而他显然没有意识到自己此时的动作:他从墙上取下想象中的武器,把头微微倾向一侧,对着想象中的瞄准器瞄准了他想象中的目标。

"你在干什么?"莉迪娅问他,"是脖子扭了吗?"

丹尼尔尴尬地把那支想象中的武器又放回墙上,而更令他感到尴尬的是他此时才恢复理智。为了让自己冷静下来,他挺起胸膛,深深地吸了口气,一股混合着香草和大蒜的热气钻进了鼻腔,安抚了他的神经。

"夹心面包!"他想起来了,"想不想吃?"

"这还用说?"

"想!"

"太棒啦!"

孩子们都兴奋了起来。莉迪娅把父亲桌上乱糟糟堆着的最新一批求职申请表用胳膊划拉开,腾出一块地方。克里斯托弗在沥水板上胡乱摆放的东西中匆匆翻找着,想找出足够多的干净餐具,好让他们四个人将就着吃上这一顿下午茶。娜塔丽则小心翼翼地端过来几个杯子和一盒牛奶。

丹尼尔骂声连天地把刚出炉的面包从烤盘倒进一个大盘子当中,他的手指都被烫红了,还被热气熏了眼睛。面包在盘子里保持了几秒钟的喧腾,然后就迅速瘪下去了。

"哎呀!"

"差一点儿就完美啦!"

"妈妈说这样就是烤的时间太长了。"

丹尼尔可听不得这种话。

"烤的时间一点儿都不长,"他告诉他们,"是等的时间太长!从你们的妈妈去办她的事,再到她开车送你们过来,这个面包足足等了四十分钟,就和我一样!"

听到这句变相的怨言,莉迪娅抿起了嘴唇。

"她说了,路上很堵。"

丹尼尔也抿起了嘴。

"可不是嘛,自己居住的城市是什么样的交通状况,你们的妈妈肯定是完全想不到的。毕竟她在这里才住了三十五年,开车只占了其中一半的年头,而她每周二同一时间开车送你们来这儿,也不过就是最近这几年的事。所以,可不是嘛,她驾车的经验不足,才会因为堵车这种情况而大惊小怪……"

莉迪娅忍不住说道:"她也很不容易,你知道的,她是个单亲妈妈。"

丹尼尔挺直了身子。

"用不着你告诉我这个。"他提醒女儿,"我还是个单亲爸爸呢!一个星期里的大部分时间,她都有你们做伴,而我没有。你们晚到了四十分钟,那可是从我和你们待在一起的时间里扣掉的四十分钟!本来我们能在一起的时间就很少了,就因为她有不守时的习惯,也丝毫懂得考虑我的感受,又一个四十分钟就这样被划掉了!"

三个孩子都停下不吃了,克里斯托弗叹了口气。娜塔丽噘起嘴,好像就快要哭出来了。

"哦,别再这样闹了!"莉迪娅不耐烦地责备她的父亲,"你都快把娜宝吓哭了!你不让我们惹她,可你自己偏偏就是这样做的。"说完,她转向妹妹:"别这么眼泪汪汪的,娜宝!他就是有些心烦,控制不了自己。你只要学会别理他就行了。"

"她说得对。"丹尼尔插话道,心里充满自责,"你姐姐说得对极了,我控制不了自己。"他弯下身,跪在娜塔丽的椅子前:"你只要学会别理我就行了。"

"还有救。"克里斯托弗叹着气说。

"还有救。"娜塔丽重复道。她拍了拍丹尼尔头顶稀疏的头发,心里骄傲得很。"还有救。"她又说了一遍,然后礼节性地补上一句,"你可以起来了。"

"谢谢。"丹尼尔说,他站起身,掸了掸裤子膝盖处的灰尘,"我保证今后会做得更好。这周接下来的所有时间里我都会训练自己,等到周五,妈妈再送你们过来的时候,我肯定会表现得完美无缺。"

莉迪娅和克里斯托弗都僵住了。娜塔丽立刻注意到了,手里的勺子犹犹豫豫地悬在了盘子和嘴巴之间。她不安地瞄来瞄去,先看一眼莉迪娅,再看一眼克里斯托弗,两只水汪汪的眼睛渐渐睁大,直到在

眼眶中蓄起了大颗的泪珠。那闪闪的泪珠颤抖着，仿佛顷刻间就要夺眶而出。

丹尼尔从衣服口袋里掏出一块印着紫色圆点的手帕，递给他的小女儿。娜塔丽把脸埋进了手帕里，等丹尼尔向她探身过来时，她便爬到他腿上，轻声地抽泣起来。丹尼尔用手臂环抱着她，让她的头舒服地靠在自己的肩膀上，然后，他抬起头，用克制而又坚决的语气对另外两个孩子说道："这个周末没问题的，对吧？周五你们会过来的，对吧？我没弄错日程安排，对吗？这个周末就是该轮到我和你们一起过，对吗？"

莉迪娅努力让自己的面部放松，直到看起来毫无表情。克里斯托弗不安地在椅子上扭来扭去，面对父亲询问的目光，他不由自主地瞟向那个信封——它就待在那里，在鸟粮口袋旁，还没被打开。

丹尼尔发现了。

"啊哈！"

在这一瞬间，他所有的美好想象全部化为乌有。他把可怜的娜塔丽抱到一边，"噌"地跳起来，抓过那个信封，一把将它撕开。他匆匆扫过那短短几行字，眼睛眯成一条缝，从中放射出愤怒的光。他的手指紧紧捏着信纸的边缘，指关节都泛白了。

"这个巫婆！这个自私自利、轻率狂妄、没有良心的巫婆！"

"爸爸！"

"抢走属于我的周末！岂有此理！岂有此理！"

"爸爸，够了！"

"总有一天我会让她见识到我的厉害！"

"不！爸爸！不要！"娜塔丽从椅子上跳了下来。她满脸泪痕地一路飞奔到丹尼尔身边，小拳头狠狠地捶打在他身上。

莉迪娅很震惊。"爸爸！天哪！看在老天的分上！"

在这令人难以忍受的窘迫中，克里斯托弗溜下椅子，蹲到鸟笼旁边，将自己置于冲突之外。他讨厌大吵大闹。他把手伸进笼子里，向那只灰不溜丢、肥嘟嘟又暖烘烘的小宠物寻求安慰。

从被带回他们家的第一天开始，这只名叫海蒂的小鸟经历了一次又一次无休止的争吵，真不知道它是怎么熬过来的。

起初，很多次吵架都发生在另外一个住处的厨房里，那场面真的很吓人，盘子、碟子、甚至吃的东西都被扔得满天飞。克里斯托弗总是和莉迪娅一起蜷缩在房子里的某个地方——通常是在娜塔丽的小床下面，出于某种原因，他们觉得那里最安全。当他听到那些"咚咚"闷响或是"砰砰"巨响，以及歇斯底里的高声喊叫时，他就会担心关在笼中的海蒂受伤。万一他的父母扔出了什么锋利的，或者有点儿坚硬的东西怎么办？万一那些东西砸进了鸟笼里怎么办？等到稍许风平浪静的时候，克里斯托弗就向父母提出想把鸟笼搬到楼上自己的房间里去。可是，因为他无法解释这样做的理由——他害怕父母当中的哪一

个又会因此被激怒,所以他的要求也就被无视了。

就这样,在海蒂熬过了所有那些可怕的、糟糕的大吵大闹之后,它还要继续忍受接连几个星期,乃至几个月的无情且漫无止境的谈判:关于财产、窗帘和孩子们的抚养费,关于哪张桌子归谁,哪些照片又该归谁。那些争吵会不会害它吃不下饭?会不会害它生病?即使到了如今,爸爸在妈妈"想要在余生里过些清净日子"的提议下,已经带着海蒂搬出来很长时间了,也依然会有这种恐怖的、出人意料的"爆发"无端来袭——虽然已经没有那么让人担惊受怕了,可是依旧让人难堪,依旧让人心烦意乱。

它会不会介意呢?克里斯托弗用手指摩挲着海蒂的羽毛,对它轻声哼着不成调的旋律。每当身边发生了不愉快的事,克里斯托弗都会这样哼唱着,这会让他觉得仿佛有一堵墙能把自己遮挡起来。这彻头彻尾的单一曲调和他那伴随着哼唱声流露出的茫然无措,总会使他父亲感到万分焦虑。

这回又是如此。当那毫无旋律感的哼唱声在丹尼尔耳边响起时,丹尼尔立刻清醒了。他用尽全身力气把自己从畸形的怒火中挣脱了出来——看在孩子们的分上。

他把那封令他勃然大怒的信扔到地上,让娜塔丽松开他的裤腿,带她回到桌旁。

"对不起。"他说,"我没管住自己的嘴。那些话别当真。我保证再也不说妈妈的坏话了。"

娜塔丽勉强让自己相信了他。她用丹尼尔的夹克袖子抹了抹哭花的脸,在上面留下一大片鼻涕印痕。

"还有救。"她鼓起勇气说。

"这才像我的娜宝!"

"信里写了什么?"

"不管它了。"

"告诉我!"

"现在不行。"

"告诉我!"

丹尼尔看了看两个大孩子。莉迪娅已经回去翻看成堆的信件了,那都是他这个星期写给各家演艺经纪公司的,信里细数了他曾经取得的成就,同时表明他目前可以立刻到岗工作。丹尼尔很庆幸自己亲笔写给剧院老朋友们的那几封信没摆在桌面上,他在那些信里想方设法地向对方打听有没有靠谱儿的小道消息。而克里斯托弗呢,和他姐姐一样,一副全神贯注的样子,爱抚着他的鹌鹑。

看起来,这两个大孩子对他们母亲写的信没有一丁点儿的好奇,丹尼尔这才意识到:他们肯定是想了什么法子,在他读信之前就已经看过信了。

他一边琢磨着这件事,一边对娜塔丽解释道:"你妈妈觉得莉迪

娅和克里斯托弗需要添些新衣服,因此她要你们整个周五晚上都待在家里,这样周六一早她就可以带你们去买东西了。所以,到周六午饭之前你们都来不了我这里。"

"我估计,起码要等到下午茶那会儿了。"克里斯托弗低声嘟囔了一句。见莉迪娅只字没有为妈妈辩护,他又鼓足勇气补充道:"这不公平!这是属于爸爸的周末。她根本用不着带我们出去买衣服,我其实只需要几双袜子,爸爸也可以买。"

"我当然可以。"丹尼尔肯定道,"买裙子也没问题呀,还有运动鞋、羊毛衫,连女生的'小裤头'都不在话下。"

这个突然蹦出来的粗俗字眼让娜塔丽偷偷地乐了,而克里斯托弗忍不住唱了起来。

"妈妈能够买到,爸爸买的更好!爸爸买的所有东西都比妈妈买的好!"他一边用刺耳的声音唱着,一边把手伸向娜塔丽,拉着她转起圈来。

当娜塔丽转到丹尼尔身边时,她伸出手,邀请他和他们一起转。令丹尼尔吃惊的是,莉迪娅也主动加入了进来。

"妈妈能够买到,爸爸买的更好!爸爸买的所有东西都比妈妈买的好!"

"他能做到!"

"我能做到!"

"他能做到!"

"我能做到!"

"他能做到!"

"我能做到!"

"他能做到!"

他们笑得前仰后合,一同倒在了地板上。娜塔丽爬到父亲的肚子上蹦蹦跳跳,丹尼尔出于自我保护,不得不把她牢牢按住。

克里斯托弗在这欢快的气氛中乐昏了头,他大喊道:"哦,赶快!快和妈妈说!"

因为要摊开双手,丹尼尔暂时松开了娜塔丽。

"你们了解你们的妈妈……"他柔声提醒道。

"给她打电话!"

"告诉她!"

"为什么我们得放弃和你在一起的整个周五晚上,还有大半个周六?"

"你也可以买袜子!"

"这样才公平!"

"这个周末应该归你,不该归她。"

孩子们的声音,连同他们的指令,渐渐变弱了。的确,他们了解他们的妈妈。

"我们可以问问看。"

"对呀,问问她!"

"也许她会答应呢,不试怎么知道呀!"

"我们可以给她提建议。"

"暗示她。"

"不过,她不会听我们的。"

"她从来不听。"

"从来不!"

"这不公平,对吗?"

"是的,不公平……"

丹尼尔环视了一圈孩子们的脸,一张脸上挂着强烈的失望,另外两张脸上满是酸楚。"你们来的时候已经知道信的内容了,对吗?"他对莉迪娅说。

她垂头丧气地点了点头,也顾不上遮掩了。

"你呢,也知道了?"

克里斯托弗耸了耸肩。

"可是娜塔丽不知道。"

"她可能也是知道的。"克里斯托弗突然大叫道,"每次都是这样!只要轮到我们来你这儿的时候,妈妈就会搬出一些借口,比如某一位多少年都没给我们送过礼物的姨奶奶,突然间连一个周末都等不了,非要过来和我们一起喝茶。"

"或者她会买一些演出票,说只能买到那天的票了。"

"或者她要我们必须直接回家,然后去看病。"

"或者去看牙。"

"或者去配眼镜。"

"有的时候,我们到你这儿时晚了好长时间,都是因为她要把车子送去保养。"

"还有的时候,她会提前很早就过来接我们,因为她要去取保养完的车。"

"我们几乎和你见不上面。"

"等我们和你待在一起的时候,她又会一直打电话过来。"

"对我们问这问那,好像我们都是小婴儿。"

"对你也问这问那……"

恰恰就在这个时候,仿佛鬼使神差一般,从旁边屋里传来了电话铃声。他们几个面面相觑,瞬间鸦雀无声。

"我去接。"丹尼尔终于说道。

"哦,不!你别去接!"莉迪娅说,"今天我已经受够了,我去接。"

她猛地站起身,把自己坐着的椅子向后顶开,椅子腿在地上划过的声音让其他人都头皮一紧。他们默默地坐在原地,听着莉迪娅"砰"地推开厨房门走出去,抓起电话听筒,终止了那持续作响的铃声。丹

尼尔看到娜塔丽用手指塞住了耳朵,他轻轻地拉开小女儿的手,亲吻着她的手指头。克里斯托弗又开始了他那令人头疼的哼唱,不过这一次,丹尼尔咬住了牙,没有吭声。

莉迪娅回来了。

"怎么样?"丹尼尔开玩笑地说,"不打算告诉我们她都说了什么吗?"

他从来没想过莉迪娅会开口。莉迪娅从不肯传话,她只会愁容满面地走回来,然后在被问起时耸一耸肩,闷闷地说一句"没事"。她会保持一段时间的沉默,有时候干脆再也不会提起,只有碰巧赶上丹尼尔单独待着的一小会儿工夫,比如他往门厅的花盆里栽花的时候、把洗好的衣服往绳子上挂的时候,或者刚从厕所出来的时候,她才会对丹尼尔开口。

"那个电话……"她会用一种事不关己的漠然口气说,丹尼尔则会用点头来表示他在留心听。"她说这个月你的钱又晚到账了四天,请你以后尽量再准时一些。"或者,"她让我提醒你,两周前我们过来的那次,有四只袜子到现在还没找到,一双棕色的、一只长筒的红色的,还有一只跟校服配套的。"

"好嘞!"丹尼尔总是会咬紧牙关,努力微笑着回道。而莉迪娅这个时候往往已经走开了。

但这一回,丹尼尔突然间意识到,电话里说的显然不是袜子之类无关紧要的事,因为莉迪娅拉长的脸上血色全无,气愤得像是连路都走不稳了。丹尼尔慌了,看来,不论孩子们的妈妈在电话里说了什么,反正是已经严重到莉迪娅不可能再藏在自己心里了,哪怕一会儿都藏不住,她要让所有人都知道。

"莉迪娅!"他想阻止女儿。

可惜来不及了,她已经走到弟弟跟前了。一看到姐姐的脸色,克里斯托弗那单调的哼唱声立刻就止住了,改成一串微不可闻的、牙齿上下碰撞而发出的"嗒嗒"声。

"妈妈要我告诉你一件事。"她对弟弟说,"不能过两个小时等你回家后再说,现在就得告诉你。她必须打电话来,你必须知道。"

"知道什么?"克里斯托弗惊恐不已地问道。

她深深吸了一口气。

"莉迪娅!不要!"

"猫把你的仓鼠抓走了,这回是真的抓走了。亨利和麦琪,它们死了,两只都死了。妈妈说她走进家门就看见地毯上一片狼藉。"

卸下这个惊悚消息的包袱后,莉迪娅流着泪转过身去。

克里斯托弗坐在原地,身体渐渐伏下去,把头埋进双臂中。他的肩膀开始一下一下地抽搐。

娜塔丽的手指不知不觉间又塞进了耳朵里。

丹尼尔望着这几个脸色煞白、可怜巴巴的孩子。"真有你的,米兰

达。"他喃喃自语道,"又一次下午茶时间被你给毁了……老天爷!有朝一日我真的会……"

娜塔丽的耳朵还被手指头堵着,没听见他说的话。

第二章 一丝不挂

时间到了六点钟,丹尼尔意识到,他不能再试图等待恰当的时机才亲口告诉孩子们那件事了,如果再拖延下去,他们就该走了。离周末他们再来还有整整四天,而在这四天的任何时间里,任何一个孩子都可能从别人口中听说他的事。

他想要亲口告诉他们,可是另一方面……

丹尼尔·希拉德的骨子里是有几分赌徒心性的。为了找到一个继续拖延的由头,他把房间仔细检视了一遍,然后将目标落在了那只正在鸟笼的角落里打瞌睡的鹌鹑身上。

"等它再出声叫唤的时候,"丹尼尔在心里说道,"我就把那件事告诉他们。就这么定了!"

于是,他接下来就真的坐在那里一动不动,生怕突如其来的声响

或举动吓着海蒂,让它在不该醒的时候醒来。

克里斯托弗打了个喷嚏。鹌鹑醒了,"啾啾"叫了两声。

这次不算,丹尼尔安慰自己。

克里斯托弗又打了个喷嚏。他坐在地上,身前的报纸上铺了大堆木屑,他正把其中又大又卷曲的那些木片用胶水粘起来,做成一个螺旋状的墓碑,准备立在埋葬仓鼠的地方。每当他的手探入成堆的木屑中,寻找可以做下一层完美螺旋造型的材料时,总会翻腾起一小股粉尘,弄得他鼻子痒痒的。

他打了第三个喷嚏。这次的声音更响。

鹌鹑又叫了起来。丹尼尔知道自己再也拖不下去了,他站起身,抻了抻领带,清了清嗓子,大声宣布:"我有件事要说。"

克里斯托弗从他的墓碑"大作"中抬起头来。莉迪娅的目光越过已经看了三遍、被翻得破破烂烂的漫画书,看向她父亲。娜塔丽停下了手中的画笔。

"我找到工作了。"

一开始,没人作声。紧接着,娜塔丽"咯咯"地笑了起来,而另外两个鼓着腮帮子,互相瞥了眼对方。丹尼尔并没有察觉,他实在是非常尴尬,对着鹌鹑继续说道:"就在美术学院。每周有四个上午、两个晚上的工作。"

他说到这儿时,娜塔丽已经抱紧自己的双臂,身体微微晃动。克里斯托弗低头看着自己做的木屑墓碑偷笑——这是自妈妈打来电话后他第一次笑。莉迪娅把脸埋进了漫画书里。

"这算不上是一份正式的演艺工作。"丹尼尔继续说道,"但薪水可不低,真的不低,考虑到……"

"考虑到什么?"克里斯托弗问。

丹尼尔略显迟疑地回答:"考虑到需要我完成的工作内容。"

莉迪娅坏兮兮地问:"那么到底需要你做什么呢,老爸?"

这回轮到克里斯托弗"咯咯"地笑出声来。而娜塔丽不得不用拳头堵住自己的嘴,生怕笑得太夸张了。停顿了片刻后,丹尼尔轻描淡写地说道:"也没有什么。其实,只需要坐着就好。"

"只需要坐着?"

"或是站着。"

"那么,会不会也需要躺着?"莉迪娅问。

"可能也会躺着。是的,没错,我会的,看情况吧,如果有特殊要求的话。对,我会的。"

娜塔丽再也按捺不住了。

"你会穿什么衣服呢?"她大声说道,"说吧,爸爸,告诉我们!你穿什么衣服做这份工作?"

丹尼尔的脸一下子涨得通红。他反应了过来:"你们知道!你们已经都知道了!你们一直都知道!"

克里斯托弗一副嬉皮笑脸的样子。

"妈妈气得脸都发青了。"他得意扬扬地说,"她彻底抓狂了,我从来没见过她气成那样,超过了你在娜塔丽的聚会上扮成大猩猩突然跑出来,吓坏了一屋子小不点儿的那次,还有你假装在倒车的时候撞到了奶奶那次,甚至超过了在伍尔沃斯超市,你说听到一个购物袋里有滴答声,结果拆弹队就把那位老太太买的东西都给销毁了的那次。"

"我明白你的意思。"丹尼尔冷冷地打断了他,"你妈妈很不高兴。"

"她当然不高兴了。"

"其实她应该感到高兴。最近她可费了不少工夫抱怨钱到账晚了,所以她应该为我总算找到了一份工作而高兴。"

"可是,老爸!"莉迪娅叫起来,"这算是一份什么工作呀!你真的要去当人体模特儿吗?"

娜塔丽忍不住又笑起来。

"我并没有觉得丢人。"丹尼尔激烈地坚持道,"这是一份实实在在的工作,薪水也很高。总得有人去做这种工作。"他挺直了身子:"事实上,我自认为干这个很在行。"

"胡波太太也这么认为。"克里斯托弗说。

丹尼尔瞪大了眼睛。

"胡波太太？住在你们隔壁的胡波太太？她怎么会知道？"

"她见到你了。"

"见到我了？"丹尼尔有些慌神儿了。

"对,她画过你。"

"画过我？胡波太太？在我一丝不挂的时候？"

"这是胡波先生说的,他来和妈妈抱怨的时候说的。"

"我不信!"丹尼尔抱紧了自己的头,"我的前隔壁邻居看见了光着身子的我?!"

"和你一样,她也不太敢相信。"莉迪娅说,"她说刚看到没穿衣服的你时,她几乎没认出来,因为和她想象中的你一点儿都不像。"

"想象中的?她想象过我?!"丹尼尔的脸都白了,"你的意思是说,这么多年每当我纯真无邪地穿着长筒胶鞋,隔着篱笆和她聊着胡萝卜蝇和马铃薯疫病的时候,那个女人拄着她的耙子站在那儿,其实是在想象着我没穿衣服的样子?"

"反正胡波先生就是这么想的,因为他来向妈妈抱怨过这件事。"

"他跟妈妈说这让他觉得恶心。"娜塔丽开心地告诉他。

"他说的是'太恶心了'。"另外两个孩子齐声说道。显然,胡波先生和妈妈的那次谈话已经一字不漏地深深植入了他们的记忆中。

"哦？他是这么说的吗？"丹尼尔说。

他神情恍惚地从地板上凭空想象出的一堆绳索中拾起想象中的

几股,然后开始打起想象中的、用在绞刑架上的绳结。

"那么,"他那漫不经心的口气中仿佛暗藏杀机,"你们的妈妈,她听了这话后怎么说呢?"

莉迪娅和克里斯托弗立刻皱起眉头,向娜塔丽做出警告的表情。可惜还是不够及时。娜塔丽答道:"妈妈说,她也觉得太恶心了。"

丹尼尔将那想象出来的绞索又拉紧了一些。

"哦?是吗?"他的声调冷冰冰的,"她真是这么说的?"

"是的,没错,她是这么说的。"

"然后呢?"丹尼尔追问道,手中继续摆弄着他的绞索。

娜塔丽继续朝着更危险的方向迈进,完全没注意到任何危险的信号。

"然后胡波先生就把胡波太太画的那幅你没穿衣服的画像从一个森宝利超市的袋子里拿了出来,他是把画藏在那个袋子里带到咱们家来的。他把画像支在了客厅的桌子上,和妈妈一起看了一会儿那幅画。然后妈妈就开始'咯咯'地笑了。"

"她笑了?真的笑了吗?"

娜塔丽看上去一副若有所思的样子。

"很少能看到妈妈'咯咯'笑的。"她说,"她总是忙得顾不上笑。"

"哦,你说得太对了。"丹尼尔附和道,"你妈妈总是一心扑在帝王城的事业上,没工夫停下来笑几声。这件事还值得让她破个例,真让我感到荣幸啊!"

"不是帝王城。"莉迪娅为妈妈辩护道,"是灯具城,购物中心。而且你也不能怪她笑出声来,胡波太太那幅画里有的地方确实看起来很可笑。"

丹尼尔开始朝头顶上方的某个位置抛出想象中的绞索。

"哦,是吗?哪些地方呢?说具体点,怎么可笑了?"

"你知道的,"这次轮到莉迪娅脸红了,"就是可笑的地方嘛,你是赤条条的!"

丹尼尔试了试那想象中的绞索力道如何,又检查了一下滑轮安装得是否到位。

"做人体模特儿是一份体面的工作。"他教育孩子们,"艺术是值得追求的,而艺术家们需要学习。如果他们主要是通过人们常说的'写生课'来学习,那么,在一个拥有先进文化的文明社会,为写生课做人体模特儿的人不仅不应该被嘲笑,甚至应该被视为一种宝贵的资源。"

"哪怕你是不穿衣服的?"娜塔丽坏笑着说。她巴不得赶紧把父亲拉回到她最感兴趣的那个话题上去。

"哪怕我是不穿衣服的。"丹尼尔神情严肃地重复道。

克里斯托弗咧嘴笑了。

"那你怎么不跟她打招呼呢?"

"你说什么?"

"你在美术班上为什么不和胡波太太打招呼呢?整整三个小时,你甚至都没朝她眨眨眼或者点点头,她说的。"

"我并没有看到她!"

"她看到你了,浑身上下都看到了。她说她离你可近了,都可以把口水吐到你胸口上。"

丹尼尔整个身体都绷直了,显得他的个头儿又高出了一截儿。

"这个女人的丈夫说得太对了。"他对孩子们说,"她太恶心了,实在太恶心了。"

"她只是觉得你完全可以对邻居友好一点儿。她和妈妈说:'人心隔肚皮,你说是不是?你和有的人做了很多年邻居,整天隔着篱笆墙和他讨论银腐病、软腐病和苹果黑星病什么的,可突然有一天,你就坐在离他半米远的地方,他却连声招呼都不和你打!'"

"我根本没看见她!"

"妈妈就是这样跟她说的。妈妈说,你光着身子在一群陌生人面前大摇大摆地走来走去,很可能感到太难为情了,所以没办法正眼去看任何一个人。"

丹尼尔猛地拽了一下他那想象中的绞索。

"我没有'大摇大摆地走来走去'!"他咬牙切齿地说,"我是一动不动站在那里的。我是'花园里的亚当'。"

"胡波太太说她想象中的亚当身上应该比你多一些肌肉。她说你看上去更像是背着镰刀的'死神'。"

丹尼尔十分恼火地瞪着他的几个孩子。

"胡波太太是个庸俗的人。"他对孩子们说,"她丈夫也是。你们的妈妈也一样。对于我这份新工作,你们还有什么看不惯的话现在就说,以后谁都不准再提了!"

"没必要冲我们发火呀,"克里斯托弗说,"就因为妈妈不赞同你做这份新的工作。"

"她的确不赞同。"莉迪娅接着说道,"她说她明白,总得有'什么人'去为那些学艺术的人去做人体模特儿,而不是去选择一种更合情合理的职业。只不过,她怎么也想不通为什么那'什么人'竟然会是她自己孩子的父亲。"

"那这么说来,你们的妈妈不只庸俗,而且还伪善!同时,也不太讲理!因为有这份工作挣来的钱,我才可以更及时地把你们的抚养费付给她!"

"妈妈说她对这一点持怀疑态度。她说你反正也挣不到多少钱的。"

"每周挣的还不如我们的保姆多呢。"

丹尼尔看上去一脸迷惑。

"可是你们并没有请保姆呀。"

"暂时还没有。"莉迪娅说道,"妈妈正在找。"

"怎么会呢?你妈妈怎么会需要保姆呢?打扫卫生是她的爱好呀!她的家一尘不染,完美无瑕,无可挑剔,简直可以对走进屋子的人放光,让他们觉得晃眼。所有家具的表面都锃光瓦亮,熠熠生辉,就像厨房清洁剂广告里的那样!"丹尼尔停下来,回想起那些久远的争吵,过了一会儿,他略带留恋地补充道,"总之,她一向是喜欢这种生活的,不是吗?在我看来,稍许杂乱反而更令人自在。"

他张开双臂向四周挥舞着,引导孩子们来欣赏这"令人自在"的杂乱无章。不巧的是,角落里那个从八个月前就折了一条腿的书架刚好映入他的眼帘,还有那盏脏兮兮的纸灯笼,破破烂烂地挂在吊灯架上。好几个星期都没倒过的字纸篓里满是苹果核儿、橘子皮和香蕉皮,让人误以为那是个简易的室内肥料堆,而且已经开始轻微地发酵了。丹尼尔那主人翁的骄傲气势渐渐瘪了下去,神色越来越不安。一层又一层厚厚的灰尘使任何一件家具的外表都别想追求什么干净亮堂的效果,更别提熠熠生辉了。家具都是胡乱拼凑起来,随意摆放的,窗帘挂得七扭八歪。随手丢弃的各种读物让屋子显得凌乱不堪,以至于半小时前他让克里斯托弗把那堆木屑和胶水放到报纸上去弄时,对方只需要轻轻松松地从桌子边溜到地板上那摊五颜六色的书报杂志上,就可以继续手头的工作了。

丹尼尔不得不承认,这屋子,说它一无是处,无可救药,绝非夸大其词。连海蒂都不再配合着去做任何维护笼舍整洁的努力了,它只会把不新鲜的鸟粮和弄脏了的铺垫沙土从笼子栏杆间的空隙踢到地板上。

一波绝望的潮水缓缓漫过丹尼尔的心头。自从他开始全权负责操持家务,这样的感受已经不是头一次了。

"这地方需要做做春季大扫除。"他承认道,"我会动手的。"

大扫除意味着几个小时的苦工,仅仅是想到这件事便足以使他心惊肉跳。为了下定决心,他转头看向莉迪娅。

"你要知道,这仅仅是出于好奇,"他谨慎地措辞,"我可想都没有想过要打探你妈妈的事——就当是一个没经验的雇员向另外一个雇员打听一下情况,就当是这样吧——如果我自己给自己打扫房间,能省下多少钱呢?"

"一小时十二镑。"莉迪娅当即回复道。

"什么?!"丹尼尔惊呆了,"一小时十二镑?只需要打扫一所本来就一尘不染的房子?只需要从光灿灿的镜子上擦掉星星点点的水渍和偶尔出现的污迹?你确定?!"

"这份工作还包括照顾孩子。"莉迪娅提醒父亲。

"照顾孩子?"丹尼尔感到很迷惑。

"对呀。从学校放学到六点半妈妈下班回家,在这段时间里照看我们。"

"你是指如果你们当中有谁四点半还没到家,就要张罗着打电话报警?提醒你弟弟可以把夹克衫挂起来而不是丢在门厅的地上?提醒我们的娜宝到时间去看儿童节目《蓝彼得》?帮忙把拼写漏掉的字母补全?夸赞出类拔萃的数学成绩?就是指这一类的事吗?"

"我想是的。"

"一小时十二镑!"丹尼尔带着哭腔说道,"一小时十二镑啊!我浑身僵直、像一根花园里的耙子似的站在众人面前,冻得连耙子齿都不剩几根了,挣的都比这个少!"

"还需要做点简餐。"莉迪娅想安慰他一下。

"简餐?简餐?!随手往一个面包卷上抹点花生酱?偶尔煮个鸡蛋?拧一下烤面包机的开关?就干这么点活儿,有些女人居然能一小时挣十二镑?!真不敢相信!你妈妈到底是怎么想的,竟然把我给她的钱花在这种地方?!"

莉迪娅冷冷地说:"可能不是用你的钱,应该是妈妈自己的钱。她今年在灯具城挣的钱更多了。妈妈觉得如果付工钱太寒酸——尤其是付给其他女性,是特别笨拙的省钱办法。她说,如果别的雇主付的工钱都很少,而你不去占这个便宜,那你一定会获得更好的工作成效。她说,正是这样的胸襟和管理头脑让她有了今天的成就……"

"成了帝王城公认的领袖!"

"是灯具城。"

"她的本事都被她用在了请保姆上！"

"其实,是请管家。"克里斯托弗纠正他,接着随口补充道,"妈妈说她今年有更多需要出差的工作,必须把我们托付给一个可靠的人。"

"她可以把你们托付给我呀！我就很可靠,而且我是你们的父亲。"

克里斯托弗的脸色变了,像是突然变得憔悴和疲惫起来。他略带心烦地回道:"她说不可以。"

"不可以？"

"或者说,她不愿意。"

丹尼尔目光炯炯地看着他:"你问过她,对吗？你这样建议过？"

克里斯托弗满脸通红,他的脾气上来了。"我当然建议过。"他顶了一句。

"那她是怎么说的呢？"

"没说什么。"他斩钉截铁地回答,然后转过身去。

丹尼尔扳住他的肩膀,又把他转了回来。

"她——说——什——么？"

另外两个孩子在一旁看着他们。

"她说那样做的话会打破她的常规。"

"打破她的常规？打破她的常规！"

克里斯托弗的脸上还是看不出一丝表情。

丹尼尔一只手攥成拳头,对着另一只手的掌心狠狠捶了过去。

"可你是希望来我这里的吧?"他逼问儿子。

克里斯托弗烦躁地晃动着身子,转头向莉迪娅求助。莉迪娅替弟弟给出了回答。

"他当然希望来,我也希望,娜宝也一样。我们怎么会愿意每天下午和一个根本不认识的人待在一起,而这个人只会说'这个我可不太清楚,宝贝,只能等你们的妈妈回家,再问问她吧'。我们可不想这样。我们当然更愿意来这里跟你在一起,我们太愿意了,但这是不可能的,不是吗?妈妈不会让我们来的。我也不会为了这个就哭鼻子。"

虽然她是这样说的,可她的样子看上去却像马上就要哭出来了。

"我可以要求她的。"丹尼尔说。

孩子们都不作声。

"这是个合情合理的要求。"

还是没人吱声。不过,他们脸上的表情就像是在直白地说:你的要求什么时候奏效过呢?

丹尼尔考虑着。

"我可以再拉着你们的妈妈上一次法庭……"

莉迪娅浑身都在发抖。

"啊?不!千万不要!别再那样了!不能再来一次了!那太可怕

了!太可怕了!"

克里斯托弗火急火燎地站出来支持姐姐。

"再说,那样做也是没用的!"

"是的。"丹尼尔说,"没有用的。她只会开始编造更好的借口,还要把它们写进那没完没了的信里,浪费我们更多的时间。"他的目光变得失神:"得想点别的办法……"

他转过身去,背对着孩子们,一边绞尽脑汁地想,一边从衣兜里抽出他那条印着紫色圆点的手帕。他把手帕的几个角缠绕在手指上,渐渐拉紧,然后,还没等他意识到自己在做什么,他已经用手帕做成的短短一截绳扣套住了离他最近的一样东西——一大片面包,然后狠狠一绞……

面包的碎屑向四面八方弹射出去。

一旁的孩子们都瞪大了眼睛。

第三章　女巫驾到

在他们都蹲在地上收拾面包渣的时候，外面的街道上传来了汽车喇叭声。丹尼尔偷瞄了一眼墙上的挂钟，还有二十分钟就要到七点了。他心里一烦，索性假装没听见那刺耳的号令。

克里斯托弗站起身，掸落手上的面包屑。莉迪娅看着依然一片狼藉的地板，有些迟疑。娜塔丽高喊道："妈妈来了！"

"绝对不是！"丹尼尔装作坚决不相信的样子，"那绝对不可能是你妈妈。时间还早着呢，起码还要再过二十分钟。"他把地上残余的面包屑倒进翻盖垃圾桶里："那肯定是别的什么人。"

克里斯托弗将身体尽量靠近窗户，保持着可以看见楼下的街道又不会被发现的距离。

"别的开沃尔沃汽车的人？"

"怎么不可能？"

无奈之下，克里斯托弗向莉迪娅望过去。她抬眼看着天花板，叹了口气。

"也开一辆红色沃尔沃？"克里斯托弗执着地问。

"巧合呗，这种事又不新鲜。"丹尼尔故作镇定地把簸箕和扫帚丢进橱柜，"这座城市里可有不止一辆红色沃尔沃。"

"不止一辆后座堆满灯具城盒子的红色沃尔沃？不止一辆前排坐着一位火冒三丈的红头发女士的红色沃尔沃？"

汽车喇叭声再一次响起，蛮横又刺耳。

"爸爸……"娜塔丽含着眼泪恳求道。另外两个孩子被喇叭声里那份刻不容缓的催促刺激得在屋里四下乱窜，开始收拾他们的东西。

"别收了！"丹尼尔喊道，"别像没头苍蝇一样乱跑！根本用不着这么慌张！"

他们迟疑地停下手上的动作，不知所措地看向父亲。丹尼尔摊开双手："她甚至不能确定你们就在楼上。离接你们的时间还差二十分钟呢！我们可能还在逛商店，或者在公园里，她又不知道！"

"她知道。"克里斯托弗说。他抄起自己的外套，手忙脚乱地往身上穿。

"把外套给我脱掉！"丹尼尔大吼道。

克里斯托弗瞪着他。

"把外套脱掉!"

克里斯托弗把胳膊从皱皱巴巴的袖子里抽出来,又把外套重重地扔到地上。"你会害我们惹上麻烦的!"他大喊。

"你真的会害了我们的。"莉迪娅附和道。

"求求你让我们走吧,爸爸。"娜塔丽哀求着。

"听好了。"丹尼尔做了个深呼吸,尽量让自己保持平静,"你们三个,好好听我说。不能再这样下去了。她送你们过来时晚了四十分钟,你们一个字也不敢对她讲;而她提早了二十分钟来接你们,光是在外面按了按喇叭,你们几个就开始一路小跑,别的什么都顾不上了!"

他伸手一指。

"看看可怜的娜宝吧!她都被吓坏了。她的妈妈就在车里等了两分钟,这已经快让娜塔丽哭出来了。"

他又指向自己。

"再看看我吧!我必须要等上一整个星期,还要再多等上四十分钟才能见到你们,可是没有一个人为我掉眼泪!"

"这不一样。"克里斯托弗争辩道。

"怎么不一样?有什么不一样?"

"你知道有什么不一样。"

"我当然知道!"丹尼尔的自控力在急速消失,"都是因为外面那个自私、无脑、没心没肺的女巫,所以才不一样!对不对?!"

37

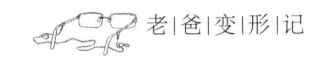

他用手掌的一侧向桌面猛拍下去,使足了力气。

"再也不能这样下去了。你们明白吗?再也不能了!你们不仅仅是她的孩子,懂吗?你们也是我的孩子!她没有权利这样对待我们。我是个称职的父亲。"他挺直了身子,"不对,不仅仅是称职,我是一个优秀的父亲。在她怀孕的时候,我确保她记得吃维生素,为她做优质的健康食品,还帮她戒了烟,所有繁重的家务都由我承担,同时还要负责逗她开心,不停地递茶给她喝。而且,每当她害怕了,说什么她最不想要的就是孩子,我就会答应她等你们一出生就把你们放在盒子里,送到就近的孤儿院大门外去。还有谁能做得比我更好吗?再后来,你们每个人出生的时候,我也尽力做得很好,我接过你们,抱着你们,给你们洗澡、换尿布、做吃的,把磨牙饼别到你们的小毯子上,推着你们的婴儿车……"

他彻底爆发了。莉迪娅和克里斯托弗站在一旁,脸色阴郁,沉默不语。娜塔丽眼泪汪汪的,不明白发生了什么。

"告诉你们,那些无聊的儿童保健诊所,还有那些可怕的托儿班,我坐等苦熬的时间不比她短!我给你们的生日蛋糕涂奶油,给你们的卧室贴上壁纸,"他捶打着自己的胸口,"我甚至还得扮成牙仙!哦,是的,可别搞错了,我做的一点儿不比她少!你们是她的孩子,也是我的!"

莉迪娅和克里斯托弗怒视着他,这一席话引起了他们强烈的愤

慨,尤其是那些关于所有权的暗示,深深地刺痛了他们。娜塔丽低垂着眼睛站在那里,盯着自己的大拇指,以前她还真没想到过,原来牙仙就是……

觉察到他们对自己的这一番慷慨陈词越来越不满,丹尼尔用尽全身力气,把自己的声调压低。

"那我们现在该怎么办?"他问道,"我们该做些什么?我提出重上法庭,阻止她克扣我陪伴你们的法定时间,可你们都不同意,你们想都没想就说不同意。好,没问题,这是你们的决定,我也不能怪你们。"

他摊开手,继续诉说着:"可是谁又想过我呢?我该怎么办?没处可去,这就是我的下场。我再也忍受不了这样下去了!"

他逐个凝视着孩子们的脸,"收获"了莉迪娅的面无表情、克里斯托弗的怒容满面,还有年幼的小女儿那含着泪的一脸愁容。

"所以,"他振作起来,"如果你们仨不同意我去寻求法庭的帮助,为了你们去和你们的母亲抗争,那么,就只有一条路可走了——你们必须学会自己去反抗她。"

孩子们都瞪着他,彻底惊呆了。

"不然还有什么别的办法呢?"他温和地说道,"告诉我吧,我愿闻其详。除了你们三个学着去反抗她,还有什么别的选择吗?"

转瞬的工夫,克里斯托弗答道:"你可以自己去反抗她呀!"

这下轮到丹尼尔慌神儿了。

"谁？我吗？"

"对,就是你。你这么快就能想到让我们这样做,那你先去吧。"

"好吧。"丹尼尔高声说,"好吧,去就去!"他被自己的口才所鼓舞,仿佛拥有了众神之王朱庇特一般的神勇。他搂住儿子的肩膀,信心十足地说:"真有你的,小家伙!我这就去,替我守好这个地方!"

就在这时,门厅外忽然响起一阵狂暴的拍打声。紧随而来的,是大门猛地被推开、撞到墙上时发出的砰然巨响。接下来,天花板上的石灰顺着墙壁滑落下来的声音"填补"了这个短暂而令人惊愕的瞬间。

"是妈妈!"

"她上来了!"

"她在车里等不下去了!"

"哦,天哪!"丹尼尔嘟囔着,刚刚发表宣言时的万丈豪情当场就萎缩成了鼠胆。

高跟鞋"咔嗒咔嗒"的响声沿着走廊离他们越来越近了,克里斯托弗似乎寻找到了"复仇"的机会,谁让父亲非要强迫他们听那一番暴躁的长篇大论。

"快,爸爸!"他悄声说,同时紧紧抓住丹尼尔的手臂,仰起因兴奋和期待而放光的脸,"去反抗她,别让我们失望啊!"

米兰达·希拉德,掌管整家希拉德灯具城的总经理,出现在了房

间门口。她从头到脚都打扮得精致考究,用纯白色搭配闪着光泽的黑色。一头浓密而诱人的秀发高高地盘在头顶,用一枚小巧的、亮晶晶的、设计独特的发卡别住。她的脚上穿着三英寸高的高跟鞋,这使得她的个头儿看起来比丹尼尔还要高。

"晚上好,丹。"

"晚上好,米兰达。"

"你的大门有点儿卡住了。"

"是锁上了。"

"哦,是吗?"

她转过头,沿着走廊回望,看了一眼刚刚被门把手砸出一个坑的墙纸,还有从天花板掉下来散落一地的石灰碎屑。

"哦,你别介意呀。"她轻描淡写地说。

"嗯,我不介意。"丹尼尔尽可能和颜悦色地应和道。不过,米兰达此时早已心不在焉,她开始打量房间,评估"风险":破损的电线裸露在地面上;一把园艺剪刀大张着刀口,被丢在一个齐膝高的凳子上;台面上凌乱地堆放着各种有缺口或裂纹的物件;还有那些急需一番彻底清洗的角落……所有细微之处都没能逃过她的眼睛。

"有一个灶眼坏了吧?"她向煤气炉看了一眼后问道。

丹尼尔没控制住自己,吃惊地叫道:"你怎么知道的?"

她耸了耸肩。"很明显。"她说,"那个灶眼没有像另外三个一样染上太多油污。"

她往屋里又多走了几步,裙摆随着她的动作轻轻摆动。在百褶裙之上,她穿了一件窄小的天鹅绒紧身衣,这勾起了丹尼尔对旧日时光的回忆。他总是会好奇,想知道米兰达的衣橱里有哪些衣物是自己还能记起的,但直到最近他才发觉,他的前妻有一种本领,能让衣服一辈子都穿不坏。有一次,丹尼尔放松了警惕,把这个发现说出了口,结果又得罪了她。"这叫懂得爱惜!"她声色俱厉地反驳。于是丹尼尔再也不敢评论她的穿着了,只是默默地看在眼里。

"这里面是什么?"她指着装有海蒂的笼子问道。

"这个?它是海蒂,克里斯托弗养的小鹌鹑。"

"是吗?我不记得它长这样。"

"只是换了个不一样的笼子。"丹尼尔解释道。

米兰达没接茬儿,她正满腹狐疑地打量着那只鹌鹑。

"它会不会特别脏?我想不起来了。"

"不怎么脏。"丹尼尔为海蒂辩护道。根据以往的经验,他心里很清楚,等着克里斯托弗开口是没指望的。三个孩子早已养成一种"当父母二人同处一室时就会陷入沉默"的习惯,仿佛有某种更重大、更持久、更危险的东西,相形之下,让他们觉得自己是微不足道的。

"笼子旁边的地上已经够脏的了。"

"那是因为我好几天都没打扫那一边了。"丹尼尔坦白道。

"从桌子底下撒了一地的面包渣来看,厨房的这一边有更长的时间没打扫过了。"

丹尼尔费了好大力气想挤出一丝表示认同的微笑,可最后呈现出的却是一张扭曲的脸。

米兰达将手指伸进鸟笼栏杆,捅了捅正睡着觉的鹌鹑。

"它吵不吵?"

丹尼尔挑起一边的眉毛。

"你是什么意思?它吵不吵?你肯定记得它是怎么叫的呀,你和它一起生活了好几个月呢!它会'啾啾'地叫。"

"'啾啾'地叫?"

她又捅了一下海蒂,这次手劲稍微重了点。海蒂一边"啾啾"叫着,一边在笼子里上蹿下跳,显得殷勤又十分配合。

"就是这种叫声?"

"是的。"丹尼尔说,"鹌鹑嘛,就是这么叫。"

米兰达转过身,随手掸掉裙子上蹭到的脏兮兮的鸟窝垫土。

"好吧,那么,"她说,"我们就要它吧。"

"要什么?"

"这只鹌鹑。"

"你听好,"丹尼尔说,他能感觉到儿子在身后投来了控诉的目光,"这里不是宠物店,米兰达。这里是一个家。"他凑近前妻的脸,声音很高且语速很慢地对她说,仿佛她听力不好、反应又很慢一样:"一个家。你——明——白——吗?有人在这里生活,比如我。还有克里斯托弗,他时不时地也住在这儿。这是他的鹌鹑,你——买——不——走!"

米兰达·希拉德的脸颊上泛起一抹红晕。"别说这种傻话,丹尼尔。"她说,"我没想买这只鸟,我是要带走它。我觉得这对克里斯托弗来说是件好事,如果能有什么填进家里的空笼子,正好可以补偿一下他失去两只仓鼠的损失。"

"那么依你的建议,又该放点什么到这边的空笼子里呢?"丹尼尔咬牙切齿地问道,"来补偿一下我失去鹌鹑的损失。"

米兰达耸了耸肩,紧身衣也随着她的动作向上提。

"哦,天哪,丹!别这么难为人吧!这可怜的孩子刚刚失去了他的仓鼠!你能不能别总是只顾着捍卫自己的权利,哪怕就一次,稍微收敛一下你那自私、轻率和不把别人放在心上的毛病?"

"自私、轻率、不把别人放在心上?我?!"丹尼尔怒不可遏。

"你没必要为了这个小题大做,我也根本没工夫听。"

米兰达转向孩子们。

"快收拾好你们的东西,我赶时间。"她从手提包中拿出一个信封,"回家路上我还要顺便把这个交给报社。"

"这是保姆的招聘启事吗?"莉迪娅问。从米兰达进门以后,几个

孩子当中第一次有人开口说话。丹尼尔认为这是对他的暗示,暗示此刻他应该发起反击了。

他想不出还能说些什么,所以只是问道:"我能看看吗?"

米兰达好像感觉很意外。

"想看就看吧。"

她把招聘启事递过来,是那种报纸附赠的、印刷好的表格。在用来扣款的银行卡号上方,米兰达在那些小小的长方形空格中写下:

招聘可靠的、不吸烟的清洁人员(兼保姆)
需在每日放学后照料儿童
加时工资面议
联系电话:43184

还没等他读到最后,克里斯托弗就一把将启事抢了过去,娜塔丽在一旁央求哥哥告诉自己那上面写了些什么。丹尼尔俯在儿子的肩头将启事看完,然后,他发现克里斯托弗转过身来仰视着自己,那副哀求的神情让他想起了娜塔丽的一本书中印着的那些展现深重苦难的插图。而莉迪娅呢,她望着丹尼尔,脸上挂满了嘲讽之色,令他隐隐

感到不安。

娜塔丽的表情就很容易读懂了。那张小脸上洋溢着希望。至少，这个最小的女儿还对他心存期望。

丹尼尔不允许自己让女儿失望。他鼓起了自己保存下来的全部勇气。

"米兰达！"他大着胆子开口说道，"说起这个招聘，你大可不必这样又费心又费钱地去雇什么保姆或管家。何不让孩子们放学以后就来我这里，你下班回家时再顺路接上他们呢？"

米兰达并没有认真听，她正在往手提包里塞那一大袋鸟粮。

"我看不行。谢谢你，丹尼尔。"她顿了一下后，又淡淡地补上一句，"当然，你能这样建议还是挺好的。"

"我不是在建议。"丹尼尔温和地解释道，"而是在提要求。"

"要求？"米兰达的一双眼睛似乎突然变成了冰冷的小雪球。房间里的温度也仿佛降低了好几度。

"要求？"她重复道，语气冷漠。

他本想说"强烈要求"，甚至"坚决要求"的。他尽力了。尽管他能感受到孩子们求助的目光正投射在他身上，他却还是说不出口。这种滋味，他绝望地想，倒有点儿像克里斯托弗总在读的那种便宜的平装书，你必须没完没了地做出选择来编造属于你自己的故事。

孤身一人，你面对邪恶的女巫。那些爱好和平的小小村民恳求你

为了他们而去反抗她。他们经年累月在恐怖的统治下生活,此刻正围作一团,默默旁观。而女巫却用钢铁般冷酷的目光将你刺穿。

"要求?"她说。

你会选择:

A.用强有力的口吻回答:"不对!是强烈要求!并且不容许任何争议。"然后翻到第九十四页——女巫崩溃了,被你击败。

还是:

B.弱弱地回答:"其实,只是希望……"然后,翻到第一百零四页——你自己被击败,那些小小的村民都耷拉着脑袋,为你的懦弱而感到羞耻。

"其实,我只是希望……"

米兰达合上手提包的动作过猛,那些塞不进去的鸟粮颗粒都喷了出来,弹射到墙上。

"我会考虑的。"她说。那语气的意思很明显,就是根本不会考虑。

丹尼尔又一次感受到了挫败、自我厌弃和绝望。上一次他被这种情绪笼罩,还是在那个离开家的早上,他错不该在走到花园大门时回了下头,看到了楼上窗户后面呆望着他的三张没有笑容的小脸。此时此刻望着他的还是那三张面孔。他们无比失望。一道亮晶晶的泪水顺着克里斯托弗的脸颊慢慢淌下来,滴落在招聘启事上,把电话号码洇得一团模糊。

克里斯托弗很少哭，可就在这短短几个小时里，丹尼尔已经是第二次见到他脸上的泪水了。丹尼尔感觉糟透了，将身子转了过去。然而，就在这一转身的工夫，他的目光落在了另外一堆信上。那是他满怀希望写给所有他知道的演艺经纪公司的信，信里列举了他在舞台上成功塑造的种种形象，并询问他们是否还有什么空缺的位置。

他突然有了个主意，一个奇妙无比又胆大包天的主意。

"这样，"他急忙说道，伸手拿过那张招聘启事，"我来帮你把它弄好。"

他转过身背对着他们，把那张纸在桌上展平开来。

"我用涂改液把它擦掉。"他说着，拿起一个小小的白瓶子，拧开带刷子的瓶盖，在纸上涂了一下。"行了，这下好多了。现在涂改液已经干了，那我就重新填上你的电话号码，'43184'。"他仔细又清楚地念诵着，与此同时，同样仔细而又清楚地在刚涂抹好的空格处写下了"66716"——他自己的电话号码。

"行了。"他得意地说，"这下可好太多了。"

趁着还没有人发现，他把招聘启事塞回原来的信封里，舔了舔封口，粘起来，再用大拇指把它按严实。

娜塔丽轻轻发出一声失望的哀叫。按照一贯的传统，舔湿信封上的胶水本应是她的工作。

"哦，对不起，娜宝。"丹尼尔向她道歉，"我可真不应该把你给忘

了。"

他转身看向他的前妻。

"贴邮票吗,米兰达?"

"不用了,谢谢。"米兰达摇摇头,"我们回去的路上,克里斯托弗可以下车,把它直接投到报社的信箱里。"

"对呀。"丹尼尔拍着儿子的后背,乐呵呵地说。

在气愤和失望之下,克里斯托弗闪身躲开,向他投来怨恨的目光,脸上的表情明明白白地写着两个字:叛徒!随后,克里斯托弗转向米兰达,显然是准备靠自己来争取了。

"妈妈!"他赌气一般地说,"为什么今天这么早就要接我们走?"

"早?"米兰达看了一眼墙上的挂钟,"我不懂你在说什么,克里斯托弗,现在已经七点过五分了。你赶快把地上的外套捡起来!丹尼尔,我希望你曾告诉过他们别这样到处乱扔衣服。这些外套不便宜,你知道的。"

她朝门口走去。

"你会让我们借用这个笼子的,对吧?好让我们把鹌鹑带回家。"

"这儿就是鹌鹑的家。"克里斯托弗揣着仅存的一丝叛逆,放肆地嘟囔了一句。

米兰达并没有理睬他。于是,克里斯托弗转身背对着她,开始收拾放在桌上的仓鼠墓碑。

"别管那堆乱糟糟的木屑和胶水了行不行,亲爱的?"她朝四周环视了一下,"应该差不多了。那么,再见吧,丹尼尔。孩子们周六上午再过来。我说不好几点,反正我们买完东西就会来了。"

丹尼尔伸出双臂,和每一个从他身前经过的孩子拥抱告别。克里斯托弗抱得很敷衍。莉迪娅将海蒂的笼子像盾牌一样举在身前,拒绝他的接触。就连平日里最宽容的娜塔丽也草草结束了和他的拥抱。

米兰达赶着孩子们往外走,丹尼尔朝她平静地点了点头。一直等到他们穿过走廊,走出他的公寓,等到门在他们身后关上,他才三步并作两步地冲过走廊,把大门再次推开,听着他们渐行渐远的脚步声在高高的楼梯间回响。

高跟鞋"咔嗒咔嗒"的声响逐渐远去。丹尼尔查看了一下他的门锁,有插销的那一侧脱落了,需要整体拆下来重新安装。

丹尼尔的眼睛又眯了起来。他把手伸进衣兜,摸出一枚想象中的手榴弹,用牙齿拉开想象中的保险栓,直到完全确定孩子们已经穿过那道沉重的楼门,安全到了街上,他才鼓足全身的力气,把想象中的手榴弹向着石砌的楼梯间,向着他前妻的身后,狠狠甩了出去。

之后,他心满意足地靠在了破损的公寓门上,脸上荡漾着愉快的笑意。在这一整个下午,这还是第一次,他彻底平静了下来。

他在聆听那想象中的爆炸声。

第四章　高明的面试技巧

米兰达·希拉德在《回声报》上登出招聘启事后接到了四通电话，数量远远低于她的期待。按理说，不应该会有印刷错误，可她也的确没有亲眼见到过这条启事。说来也怪，她下班回来时，报纸并没有像往常那样被放在门廊，而街角的报刊亭也没有多余的报纸可以卖给她了。

"这种事常有。"报刊亭的人很笃定地对她说，"偏偏要在我的老顾客特别需要一份报纸的日子，闯进来一个我从来没见过的瘦高个儿，把所有报纸一股脑儿都买走了。"

不过招聘启事肯定没有印错，毕竟，还是有四个人来应聘的。第一通电话打来的时候，米兰达正准备把晚饭端上桌。电话里的女人说话声音很尖，甚至有些刺耳，像是声带出了什么问题。而且，她听起来疑心很重。

"启事上说要照料儿童,在放学以后……"

"是的。"米兰达确认道,"有三个孩子。"

"三个?可真不少呀!是哪类孩子?"

"哪类?"

米兰达望向孩子们,被这个问题难住了。

"男孩还是女孩?"

"哦!两个女孩和一个男孩。"

电话那端一片沉寂。

"有什么问题吗?"米兰达问,心里有些不安。

尖厉、高亢又气急败坏的声音顺着电话线盘旋而至。

"是有问题。不喜欢女孩。抱歉!再见!"

电话"咔嗒"一声被挂断了。米兰达瞪着听筒。"好吧!"她重重地喘了口气,"好极了,我们也不喜欢你!"

第二通电话,是在他们正吃饭的时候打来的。这位的嗓子倒是没什么毛病,声音听起来圆润而甜美。

"你好!是号码43184吧?登了招聘启事的?"

"对,是这里。"米兰达回道。

"你提到了'照料儿童'。"

"对,事情不多,就是放学后那段时间。"

"女孩子,对吗?"

"对。"米兰达说,望着莉迪娅和娜塔丽,"三个孩子里有两个女孩,还有一个男孩。"

"哦,天哪!"

对方的声音里充满失望。

"有什么问题吗?"米兰达问。

"哦,我的天哪!是有问题。我可对付不了男孩子。不行,很遗憾!"

对方挂断了电话。米兰达气得直咬牙。"我不遗憾!"她冲着已经哑掉的电话说道。

没过几分钟,他们正吃着苹果馅儿饼呢,第三通电话就打来了。

"喂?"

"你好。"

孩子们听得出,米兰达已经有些疲惫了。

"喂?我是来电话应聘的。"那声音听上去轻柔、谄媚,带着外国人的口音,"你有几个孩子?"

"三个。两个女孩和一个男孩。"

"多大了?"

米兰达一连串地报出孩子们的年龄。还没等她说到坐在桌子对面的娜塔丽,电话那端的女人就把她打断了。

"年龄太大了。"对方这样说,"我不喜欢大孩子,只喜欢小不点儿。"

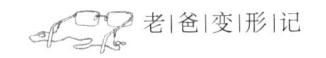

米兰达把听筒重重地扣到电话底座上。

"正好!"她怒吼道,"反正也没人喜欢你!"

最后一通电话三个小时后才打来,米兰达心里都已经开始嘀咕是不是没希望了。睡前喝的巧克力奶在锅里沸腾起来的那一刻,铃声响了。米兰达先跑到炉台边给牛奶关了火,接着又飞奔到电话旁,幸好铃声还没断。电话那端传来一名女士低沉且令人愉悦的嗓音,只不过有些闷闷的,就仿佛这名女士刚刚擤过鼻子,对着话筒说话的时候还没放下手绢呢。

"我也是长年累月地照看着这样一群孩子。他们总会长大的,是吧?所以现在我有时间了,可以考虑每天下午来照顾你家这一窝小不点儿了。"

米兰达不敢太乐观:"不过我家可是有两个女孩……"

电话那端回复的语气简直令人为之一振:"太棒啦,亲爱的!女孩子可都是珍宝呀!"

米兰达还是带着歉意说:"不过还有个男孩……"

"一个男孩!不用见面我就知道他准是个好孩子!"

米兰达几乎不敢相信自己会有这么好的运气,她开始逐个报出孩子们的年纪,还没说完就被对方打断了。

"要我说的话,每个年龄段都是最棒的。"

"还需要做一点儿简餐……"

"哦,天哪!"

听筒里一阵沉默,米兰达都能听到自己心跳的声音了。接着,电话里传来一串焦急的解释。

"说到这个,我得好好提醒你一下,亲爱的,我只会让他们吃优质、适宜的食物。点心还是正餐,这倒无所谓,我都可以做,但我只会给他们做有营养的食物,而不是垃圾食品。我可受不了那些没营养的时髦零食。不管那些小宝贝朝我抗议多久,喊得多大声,我绝对不会让步!这么跟你说吧,亲爱的,到现在为止,我还真没有因为这件事犯过难,只需要让他们自己决定,是吃正经东西还是让小肚子饿得咕咕叫就好了。"

米兰达瞪大了眼睛。世界上真有这样的"宝藏"保姆?

"不能吸烟……"她犹犹豫豫地咕哝着。

"那是恶习!会让窗帘都染上味儿的。"

"还要可靠……"

"多少年了,一天也没耽误过,宝贝。"那声音自豪地说。

米兰达抬起一只手扶着厨房的墙,撑住自己。

"或许,可以面试一下?"

"当然了,亲爱的。不过我敢肯定你整个白天都要忙着工作。明天晚上七点半怎么样?时间合适吗?你的名字,亲爱的?还有地址?"

"米兰达·希拉德。"米兰达已经有些恍惚了,"斯普林格大街十号。"

"我坐公交车刚好顺路。"

米兰达掐了一下自己,生怕这是在做梦。之前的两位保姆都是开着一辆不靠谱儿的旧车,所以车一出故障就来不了。

"那太好了!"她说,"我们都盼望着明天和您见面。"她迟疑了一下:"您……? 该怎么称呼您?"

"道菲尔,亲爱的。叫我道菲尔夫人吧。"

"道菲尔夫人?"

"是的,亲爱的。道菲尔夫人。没错。"

"道菲尔夫人……"米兰达重复道。而电话里的声音已经戛然而止。

米兰达看上去似乎不愿放下听筒,她唯恐这个奇迹随着通话的结束而消失。

"明天晚上七点半。"她轻声重复着,"道菲尔夫人。完美!"

道菲尔夫人似乎真的很完美。娜塔丽是第一个见到对方的。她穿着糖果花纹的睡衣,蹦蹦跶跶地正要上楼去睡觉,在经过大门时,听到了轻轻的敲门声。她踮起脚来,打开了门闩。

门外,一个庞大的身影像铁塔一般笼罩在她上方。那人穿着一件

橘粉色的宽大外套,里面是一条花里胡哨、像长袍一样的连衣裙,几乎将整个身体都遮盖住了,只在下方露出几英寸深绿色的长筒胶靴。那人的脑袋上包着一块高高鼓起的头巾,用很多很多别针和一枚闪闪发亮的青绿色胸针固定住,围在脖子上的羽毛围巾绕了一圈又一圈。那人的胳膊底下还夹着一个超大号的仿鳄鱼皮手袋。

"你一定就是娜塔丽小宝宝吧?"

娜塔丽点了点头,紧盯着那人看。

"我是道菲尔夫人,宝贝。"

娜塔丽又点了点头,眼睛瞪得大大的。在对方那块印花的大号包头巾下方,是涂成紫罗兰色的眼皮、红得不自然的脸颊,以及亮晶晶的猩红色嘴唇。

"要上床睡觉了,对吧?"

娜塔丽第三次点了点头,还是没说出话来。

她看着一只大手从松松垮垮的外套袖口中伸出来,握住了她的手。那人朝屋里走进来,娜塔丽便向后退。接着,只见一只硕大的绿色胶靴的后跟轻轻抬起,向后一蹬,毫不费力地就把大门合上,关严了。

"好了,走吧。我们上楼。"

走到楼梯狭窄的拐弯处,娜塔丽不得不松开那只手,走在那人前面。到了最后一级台阶,一记轻轻的拍打落在她的屁股上,那感觉对娜塔丽来说非常熟悉。

"刷完牙了吗,乖宝贝?"

娜塔丽摇了摇头。

"好,那就先去浴室。"

娜塔丽十分听话地向浴室小跑过去。她从小刺猬造型的架子上拿下牙刷,挤好牙膏开始刷牙,注意着不去碰那几颗已经松动了的牙齿。与此同时,那个人就在浴缸边上坐下,为窗台上的绿植操起心来。

"我不喜欢那些石竹花的样子,它们被浇得太透了。明天我得和你妈妈说说这件事。小娜塔丽,你可要提醒我别忘记了。石竹花最讨厌被打湿脚了。"

娜塔丽一边奋力地刷牙,一边仔细查看石竹花有没有不开心的迹象。而那个人的注意力已经转移到一旁的攀缘植物上了。

"那棵蔓绿绒实在需要好好地上一次肥了!瞧它这副模样,苍白的小矮人!唉,看来在这个家里工作太适合我了!"

娜塔丽满嘴含着粉色的泡沫,向那人透露道:"厨房里还有一棵,叶子都枯死了。妈妈很生气,她也弄不明白为什么会这样。"

"可能是它们不喜欢这个家里的气氛吧……"

娜塔丽花了比平时更长一些的时间清洗牙刷,然后用力把它甩干。透过洗手池上方的镜子,她注视着身后的那张面孔。那双涂抹着俗艳彩妆的眼睛和她的目光在镜中相遇。

"可以睡了吗?"

娜塔丽点了点头。

"好,再给你两分钟。"

门被关上了,只留下娜塔丽自己。她拉下睡裤,坐在马桶上思考着。然后,她用一根手指试探着伸到石竹花盆里戳了戳,里面的土果然湿透了。

"可怜的石竹花,"她说,"最讨厌被打湿脚了。"

于是,洗手的时候,她尽量小心翼翼,避免把更多的水溅到窗台的绿植上。

当她走进卧室时,床罩已经被掀开了,从图书馆借来的几本书就摆在她的枕头边上。娜塔丽并没有理睬它们,她跪到书架前,从最底下一层抽出一本破旧的图画书。这本书她已经有两年没碰过了。

"《明镜河》。"

从第一页到最后一页,书被完整地念了一遍,一句话也没漏掉,一个字也没被打断。还是那些熟悉的神奇图画,还是那些和她记忆中一模一样的文字。

之后,床头灯被关上了,屋子里一片黑暗。一束细细的光线穿过微微打开的门照进来,在远处的墙上投下一道光柱。

"晚安,做个好梦!"

娜塔丽伸出双臂,抱住那个人的脖子,让对方靠自己更近些。

"晚安,爸爸!"

那人愣了一下才恢复镇定,随后严肃地说:"明天你不会说出去的,对吧,娜宝?"

娜塔丽却打起大大的哈欠来,已经有些半梦半醒了。

"不会的,爸爸。"

那人心烦意乱地揪着有些松动的头巾。

"你不能这样叫我!我是道菲尔夫人!"

"好的,爸爸。"

"是道菲尔夫人!"

"好的,道菲尔夫人。"

"这回对了。"

他再一次俯身去亲吻她,而她已经沉沉入睡。

"睡着了?"米兰达很惊讶,"您确定吗?"

"非常确定。"道菲尔夫人说,"睡得可香了。"

"真了不起!"米兰达说。

看着这个十分奇特的女人坐在厨房桌子旁,努力将穿着长筒胶靴的双腿优雅地交叠起来,米兰达觉得,自己应该上楼去查看一下,以防万一。这并不是说道菲尔夫人看起来像个杀人犯或者虐待狂,又或者是那种会侵扰儿童的人,她完全没有这种意思。只不过,依着娜塔丽惯常的做法,她不会一声不吭地让一个完全不认识的人进家门,

更不会让一个从来没见过的人哄自己上床睡觉。除此之外,让米兰达心里不踏实的原因还在于,道菲尔夫人毕竟是个彻头彻尾的陌生人,而且还那么……那么魁梧,而娜塔丽是米兰达最小的孩子,她又是那么弱小。

"您能在这儿等我一会儿吗?"米兰达说道,"我想上楼去看她一眼,我通常都会这样的。"

"当然了,去吧!"道菲尔夫人平静而贴心地说,"我也是,要确认我的宝贝盖好了被子,甜甜地睡去了,才能安心。"

米兰达快步上楼去了,丹尼尔抓紧机会和笼子里的海蒂打了个招呼,它正在自己刚刚被清扫干净的地盘上心满意足地刨来刨去。接着,丹尼尔又把整间厨房细细打量了一番。

总体来说,这间厨房和他记忆中的没什么差别:还是从前的那些地毯,是他和米兰达一起挑选、亲手铺就的,有点儿磨损,边角处也都翘起来了;水池上方的遮光帘也没变,尽管上面的印花褪色很明显;还有那套灰色的橱柜……丹尼尔发现,米兰达还是喜欢把大部分食品储存在高高的玻璃罐里,这个习惯曾经让他很抓狂。伴随着一阵剧烈的紧张感,他回想起那些自己外出购物回来后的暴躁时刻:要没完没了地收拾那些散落各处的物品;要耗费大量时间擦掉玻璃罐上黏糊糊的指纹;还有那些并不适合放到罐子里的,装着最后两盎司糖、面粉、大米,又或者豆子的食品包装袋,他不知道究竟该把它们往哪里放……这些烦恼从来都是无解的。而在所有这些烦恼中,最令他光火的,莫过于永远弄不清每样东西到底剩下了多少。不管怎么说,半公斤砂糖装在袋子里,一看便知是半公斤,但一坨结块的粗制红糖粘在玻璃罐底,那可就真让人一筹莫展了。

不过变化还是有的:墙壁被重新刷成比原来略浅一些的蓝色;擦碗布换样式了;后门换了一把更牢固的锁;屋里的绿植比以前少了许多,而且其中几棵已经半死不活了;原本放在冰箱上的烤面包机被米兰达挪走了,让位给了一个大镜框,里面是她一个人站在国会大厦前的照片,照片中,那匹站在她身后的骑警的马像是正在啃咬她围巾的一角,不过丹尼尔宁愿把这当作是摄影造成的视觉错觉,而不是因为大都会的骑警没驯好马。

让他有些受刺激的是,他发现米兰达购买了一台全新的自动洗碗机。这使他心中又多了一抹被羞辱的阴影。米兰达居然好意思指责他——一个直到最近才找到工作的人,就因为他晚交了几天抚养费,而她自己一直以来明明就过得很宽裕,可以去逛街添置最奢侈的厨房用具。可怜他住的公寓里却连台洗衣机都没有!他时常会出现在街角的自助洗衣店,神情幽怨地看着染料从他那些翻滚中的袜子里渗出,然后被每一条钉在墙上的、用印度古吉拉特语写的公告搞得一头雾水。

米兰达回来时,他还处在愠怒的情绪当中。尽力拂去脸上的怒容

后,他转身迎接米兰达。

"小娃娃睡得好吗?"

"梦到九霄云外了。"米兰达承认道。

借着倒咖啡的机会,米兰达扭头打量着这位非比寻常的求职者:这个女人身形高大,比米兰达的个子还要高,而且骨架也很大;她的五官长得不好看,即使用了厚厚的粉底和一道道彩妆也没改善多少;她的头发被那古怪的头巾包得严严实实,只从边缘露出来深色的几绺;尽管涂了漂亮的指甲油,她的手却是粗糙的,还有点儿瘦骨嶙峋;她的脚真的超级大,米兰达估量着她的胶靴,往小了说也得有四十五码……

谁都会觉得,这个女人的样子会把正常的小孩子吓到。

可实际上呢……

她身上有一种能让人格外安心的感觉。她稳坐桌旁,宛若一座堡垒,身上散发着薰衣草香水的味道,可靠、稳重、沉着。

"这种存放食品的方式可真养眼。"她说话的语气也让人感到很舒服,"我一直觉得,把东西放在那些高高的玻璃罐子里,不管收拾起来有多麻烦都值得。"

"可我丈夫不这么想。"米兰达回忆着,"他对那些罐子恨之入骨。他说这样做既愚蠢又麻烦,简直就是在浪费时间。"

"他总是会把东西撒出来,对吧?弄得餐桌上到处乱糟糟的?总是吃不准能倒进去多少豆子？想不出剩下的东西该怎么保存？"

米兰达笑了，她感到自己彻底放松了下来。在灯具城工作了漫长的一天后，迎头撞见一位女巨人从自家的楼梯上大步流星地走下来，这可让米兰达大大地吃了一惊。但实际上，道菲尔夫人是一位可亲又善解人意的女性，而娜塔丽像个熟睡的天使一样沉入梦乡，全然没有平日上床前惯常的"较量"，没有因为有松动的牙齿而不愿意刷牙，没有哀求着让妈妈再多讲一个睡前故事，没有拖拖拉拉，更没有胡搅蛮缠。要是每天晚上都能这样该多好！不过，娜塔丽只是三个孩子中的一个，另外两个会怎么看待道菲尔夫人呢？

"你和你丈夫分居了，是吗，亲爱的？"

"离婚了。"

"哦，真遗憾。婚姻可以带来福气呀。"

"离婚了可能更有福气呢。"米兰达回道。

道菲尔夫人露出震惊的神色。米兰达又补充了一句，为自己辩解："我丈夫是个很难相处的人。"

"他对你动手了，是吗？"道菲尔夫人询问道，"时不时殴打你，不给你足够的日用开销，让孩子们受惊吓，诸如此类的？"

"哦，不是的。"米兰达说，"没有那种事。他不是个粗暴的人，远远不是。孩子们都很爱他。而且，事到如今，假如他能挣到什么钱的话——这种事并不常有——他倒不是个吝啬的人。"

一阵沉默后,道菲尔夫人开口道:"希望你不介意我这样说,亲爱的,听起来你前夫是个不可多得的人呢!"

米兰达短促地笑了一声。

"说得太对了。"她肯定道,"的确不可多得,就像麻疹。"

听到这儿,道菲尔夫人拢起她那件橘粉色外套的双襟,把自己裹紧了些。

"好吧,亲爱的。"她惋惜地说,"天不早了,我也应该……"

冲动之下,米兰达伸出一只手,拉住道菲尔夫人那宽大的衣袖,阻止她起身。

"哦,先别走,请您留下来见见另外两个孩子吧。如果您喜欢他们的话……"

道菲尔夫人紧紧盯着拉住她衣袖的那只手,仿佛那是来自外太空的手。米兰达刚要松开,一只熊掌般的大手伸过来,覆盖在她的手上,轻轻地拍了拍。

"你希望我接下这份工作吗?"

"是的,我希望如此。您是最完美的人选。"在这一刹那,两人目光相接,米兰达迅速别过脸去,心中莫名有些恍惚。就在这时,一串笑声从后门外传来,伴随着窸窸窣窣的声响,磨砂玻璃门上映出两个身影。这让米兰达松了口气,她赶紧趁这个机会从桌旁起身,走向冰箱。

"是他们。他们游泳回来,肯定饿坏了。"

门打开的那一刻,道菲尔夫人把双腿拘谨地藏到桌下,然后转头迎接刚回来的孩子。

莉迪娅第一个进屋。道菲尔夫人紧张地抬起手,扶了下自己的头巾。

"你好,宝贝!我是道菲尔夫人,来帮你妈妈做家务的。希望我们能成为朋友。"

莉迪娅一边紧紧盯着她,一边闪身让弟弟进屋。道菲尔夫人再次简短介绍了自己。这次,轮到克里斯托弗紧紧盯着她了。而正在冰箱中翻找东西的米兰达,心中则忐忑不已。

先是一阵沉默,接着,突然之间,克里斯托弗怒气冲天地把一兜子湿淋淋的游泳用品摔到地上。

"不,妈妈!这不公平!"

米兰达的背影僵住了。大发脾气的克里斯托弗一脚把湿漉漉的毛巾包踢向厨房的另一头,那湿乎乎的一大团就飞落在米兰达脚边。

"为什么我们非得有一个保姆不可呢,妈妈?家里好好的,我们也都好好的!要是你想找人照顾我们,干吗不让爸爸来呢?"

"你爸爸?"米兰达大吼道,"别再提让你爸爸来照顾你们这件事了!你爸爸他……"

她的话说到这里就中断了,因为顶着高贵头巾的道菲尔夫人站起身,举起她那只令人印象深刻的大手,让所有人安静下来。道菲尔

夫人转向克里斯托弗,神色凝重地问道:"年轻人,你平时就是这样和你母亲说话的吗?"

克里斯托弗的小脸涨得通红。莉迪娅惊讶得张大嘴巴。米兰达在震惊中差点儿把手里的鸡蛋掉到地上。

道菲尔夫人继续哀叹道:"我完全没有料到会是这样。看看你们可怜的母亲吧!一整天辛苦工作,紧张忙碌,挣了钱让你们开心地去游泳,然后她还不让自己歇着,还要给你们做晚饭。她做了一个负责任的安排,想让这个漂亮的、可爱的家保持整洁,想让你和你的姐姐、妹妹好好吃饭,每个傍晚都有人照料,而你就因为这些,当着一个陌生人的面朝她乱发脾气?"

她伤心地摇着头,头巾随着她的动作险些散开。

"哦,不,这和我预想的完全不一样。你几岁了,亲爱的孩子?"

克里斯托弗很不情愿地回答了,声音轻得几乎听不见。

道菲尔夫人那两道描染过的眉毛高高挑起。

"我的天!"她惊叹道,"这么大了应该更懂事才对!"

克里斯托弗的一只脚在另外一只上蹭来蹭去。他下定决心不投降。

"可是这不公平。"他坚持道,"我不是故意没礼貌的,刚才那样我很抱歉。可我还是不明白,为什么娜塔丽、莉迪娅和我不能多和爸爸待在一起。"

"我相信你妈妈这样做是有理由的……"

"是的!"米兰达也带着情绪说道,"当然有理由。您想知道,我也可以告诉您。"她伸出一只手,准备用她那做过美甲的漂亮手指一个一个地将理由数出来:"头一条,您恐怕不相信,他们的爸爸……"

道菲尔夫人高声咳嗽起来。

"原谅我,亲爱的。不过在你尽情责骂孩子们的父亲之前,你肯定会习惯先让孩子们离开房间的吧?"

米兰达大笑一声,笑声中带着刻薄。

"要是那样的话,我可能就见不着他们的面了!"

"我明白了。"

道菲尔夫人的声音紧绷绷的,听上去也有点儿不太友好的感觉。

米兰达突然意识到,自己的口无遮拦很可能会在轻率之中毁了仅有的、雇用到这个完美人选的机会。毕竟,除了略微有点儿古板,这位女士真的称得上是座宝藏。

仓促之中,她做出了让步。

"您说得很对,我非常抱歉。我根本不应该在这个时候提到他们的父亲。"

"你没提。"克里斯托弗粗声粗气地说,"你想把他甩到外面,和从前一样。"他向姐姐寻求支援:"对不对,莉迪娅?"

然而莉迪娅并没有回应他。她盯着道菲尔夫人,一脸匪夷所思又

近乎兴奋的神情。她的眼睛放着光,两只脚按捺不住地在地板上微微扭动着,似乎下一刻就要手舞足蹈起来。

道菲尔夫人皱了皱她那浮夸的棕色眉毛以示警告。

"哦!"米兰达叫道。

莉迪娅觉得妈妈就快要爆发了。道菲尔夫人紧张地抓过仿鳄鱼皮手袋,用宽大的外套把自己包裹严实,似乎又一次不得不起身告辞。就在这个节骨眼儿上,莉迪娅一直压抑着的激动心情终于冲破了自制力的闸门,一股脑儿地倾泻到她弟弟身上。

"克里斯托弗!你可真蠢!"

她一把抓住弟弟夹克外套的衣袖,把他拉到自己身边。"别再胡闹下去了!看在老天的分上!"她急不可耐地拉扯着克里斯托弗,"快走!上楼去!还有一大堆的作业呢,我们得赶紧去写!"她使出全身的力气,连推带拽地将不肯听话的弟弟往厨房外面的走廊上赶。

"认识您真是太高兴了!"她一边走,一边回头向道菲尔夫人喊道,"我们肯定能相处得非常愉快。我非常希望您能接受这份工作。克里斯托弗也会没事的,我保证,他只要习惯了就好。我会跟他好好讲的,他肯定会开心的。"

莉迪娅说完,又在弟弟的小腿上结结实实地给了一脚,让他从厨房的最后一丁点儿地盘上退出去,然后顺手将厨房门从身后带上了。

米兰达重重地坐回到椅子上,毫不遮掩地长出了一口气。道菲尔夫人的这口气出得更为彻底,只是没有那么明显,她暗自擦了下额头上的汗珠,然后发现手指沾上了黄色的油彩,心中不免一惊。

不过米兰达并没有察觉,她只顾沉浸在大功告成的喜悦中。

"太好了,道菲尔夫人!"米兰达开心地说道,"您在面试的最后一关大获全胜!"

道菲尔夫人抬起手,谨慎地摸了摸头巾。

"我很高兴,亲爱的,真的特别高兴。"她顿了顿,"他们是很有灵气的两个孩子。"接着,她略加小心地补充道:"其实,这不关我的事,要是我说得不妥当你就赶快打断我……但假如你不介意的话,我觉得你那个儿子太需要被好好管教管教了。"

米兰达笑了起来。

"我完全不介意。"她对道菲尔夫人说,"这份工作就交给您了。"

第五章　寻找角色感

几个星期后的一天,道菲尔夫人正斜靠在二层楼梯间的栏杆上,一边抽着方头雪茄,一边抓挠着汗毛浓密的腿,莉迪娅抱着一大摞破旧的漫画书从卧室走了出来。

"你不该抽烟。"莉迪娅批评道,顺手把那乱糟糟的一摞书丢在克里斯托弗房间门外的地板上,"你的肺会变黑的。"

道菲尔夫人眯起眼睛,侧过脸朝着楼梯间的窗帘吐出一缕烟雾。

"听好了,我的小甜果儿。"她说,"我年轻的时候,在和你妈妈结婚以前的那些日子里,可以随心所欲地喝威士忌,抽烟也不会有人打扰。那样的好时光已经离我很远很远啦!所以,在这心力交瘁的中年时期,假如我不得已偶尔喝上半瓶啤酒,或者时不时慢悠悠地抽几口雪茄,拜托你,就别盯着我不放了吧!"

她又深吸了一口雪茄。

"抓紧干活儿吧,小家伙们!万一你们的妈妈回家时,这些房间没有被打扫得一尘不染,我这个可怜的保姆恐怕就要被解雇了。"

莉迪娅埋头收拾着。克里斯托弗把他那塞得满满的废纸篓搬到门厅,看到姐姐已经把另外一大堆他的东西扔在门口了,他叹了口气。

"我不懂为什么总是要我们干活儿。"他嘟囔着,"拿工钱的可是你。"

"这工钱可全用来付了你们的抚养费。"道菲尔夫人用嘴叼住雪茄,抬起手把头巾裹得更牢固一些,"再说了,我不擅长让家里保持美观,这个你们是知道的。这也是你妈妈和我离婚的原因之一。"

她把裙子又往上拉了拉,露出一截粗壮的大腿。然后,她在宽宽的窗台上给自己找了个地方坐下,就坐在一盆盆正值春季开花的杜鹃间。

"不过,说到料理花草,那就另当别论了。"

她望向窗外。当她看到米兰达种的那几行可怜巴巴的作物——刚发紫芽的西蓝花和冬季甘蓝时,两道精心修剪过的眉毛皱了起来。

"我这会儿真该给那片菜地加点石灰。"

克里斯托弗和莉迪娅还在匆匆忙忙地跑进跑出,彼此交还借阅的图书和文具,在洗手池倒干净杯子里的水,把皱皱巴巴的衣服塞到

晾衣柜外面那两个一模一样的柳条洗衣筐中。与此同时,道菲尔夫人背靠着窗子,满面愁容地打量着隔壁家的花园。

"那位胡波太太又大敞着工具棚的门。雨水会淋到里面,她的工具会生锈的。"道菲尔夫人的火气突然上来了,"今天你们两个还在学校的时候,知道这个女人做了什么吗?"

"不知道。"克里斯托弗抱着莉迪娅的收音机走过,"我们两个在学校的时候,那个可恶的女人做了什么?"

道菲尔夫人紧紧地抓住自己的头巾。

"她除掉了一株开得正好的山茶!丧心病狂地毁坏花草,硬生生地把它从墙边拔出来,这就是她干的好事!"

"也许她想在那个地方种点别的什么。"莉迪娅接过她的话,"你能把腿收一下吗?这样我才能把吸尘器拿过去。"

道菲尔夫人不得不提起裙子,把粗壮多毛的双腿往后收了收。

"很有可能。"她轻蔑地抿起嘴唇,差点儿被雪茄烫着,"腾出地方种那些从超市里买来的俗艳玫瑰,我敢肯定!"她叹了口气,吐出一缕蓝色的烟雾。"我永远也想不通,那个女人怎么会有胆量在每周的美术课上露面!她竟然把我完美的体形画得那么丑陋,仅凭这一点就知道,她的审美比一支马桶刷强不到哪儿去,也不比一块地板砖更有灵气。她已经画过我八次了,八次呀!坐着、躺着、站着,所有的姿势她都画过了。我身披薄纱的样子她画过,我浑身上下打着彩色灯光的样子她画过;她用粉笔、炭笔、铅笔和油画笔画过,用水彩、蜡笔和彩色粉笔画过。上个星期那次,我的天哪,甚至还做了黏土雕塑!可结果呢,这八次之中的每一次,我在她的'创造'下都长了大头针一样的脑袋,长臂猿似的胳膊,水桶一样的胸,都驼着背、弯着腿、翻着白眼、歪着脖子!这还不算,上星期我的自尊心又受到了一记重创——她做的黏土雕塑掉下来了一小块,把我变得都不像个男人了!"道菲尔夫人怒不可遏地咆哮道,"我被那个女人糟践了,彻底糟践了!她对自然之美一窍不通!"

"我不清楚。"克里斯托弗自言自语着走过,"她好像挺喜欢我的……"

"你又没经历我所经历的!"道菲尔夫人尖刻地喊道。她看了一眼堵塞住了的雪茄头,推开身后的窗户,把烟灰朝着胡波太太的金链花花丛掸去。

"我的天哪!"她一声大喊,险些把自己摔到窗外去,"这个女人现在就把大丽花种上了!"

"那是她的花园。"莉迪娅说,"为什么她不能种自己的大丽花?"

"在三月吗?你是不是疯了?"

道菲尔夫人向窗外探出身子,一只手紧紧按住头巾,另一只手在窗户下方捏牢还冒着烟的雪茄。

"真要命!"她望着草坪颤声说道,"必须得警告她,要是现在就种

上,那些可爱的大丽花会被霜冻害死的!"

她把头缩回来,用力把窗子关上。

"太离谱儿了!每年都得重新和她说一遍。在我还是你们父亲的那些年里,我都跟她说过不下六遍了!"她重重地叹了一口气,"我告诉你们这位胡波太太有什么毛病吧,她的毛病就是听不进去别人的建议!看来我不得不亲自去一趟,当面制止她,顺便告诉她,她那些花草得了严重的卷叶病。"

克里斯托弗正在吃力地撕扯一本书的书皮,此时突然停住手。"爸爸要把道菲尔夫人带到花园里去",浮现在脑海里的这个念头令他很恐惧。一旦事情败露,真相被传出去——毫无疑问会传到妈妈的耳朵里,那后果就不堪设想了。

"别去花园了!你肯定会去好长时间。我们都饿了。晚上我们吃什么?"

道菲尔夫人推开卫生间的门,把雪茄烟蒂扔进马桶。

"你听好了!"她说,"我等着你们放学回家,检查你们的方程式作业,给你们洗短裤。你总不能指望我还要负责买菜做饭吧?"

克里斯托弗气坏了:"你什么都没买?"

道菲尔夫人按了下马桶冲水键,冲水声淹没了她对这个问题的默认。

"难道什么可吃的东西都没有吗?"克里斯托弗还是不依不饶。

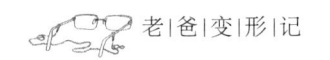

雪茄烟蒂在马桶的水流中欢快地旋转着。水排净了，又重新注满，而烟蒂还浮在水面上，缓缓地打着转。

"真的什么都没有？"

道菲尔夫人耸了耸肩。

"我想鹌鹑总是有的……"

"鹌鹑？"克里斯托弗被吓到了，"你是说海蒂吗？"

道菲尔夫人仔细查看着自己的手指尖。

"海蒂是只鹌鹑……"她说，"鹌鹑可是很有营养的……"

莉迪娅出现在走廊上，和弟弟一样，她也被吓到了。

"你们俩是说要吃了海蒂吗？"

"有什么不可以吗？"道菲尔夫人精心挑选出一瓶粉紫色的指甲油给自己补颜色。"就在几天前，我看到了一款特别棒的菜谱，鹌鹑和洋蓟沙拉。"她那两道浮夸的眉毛皱在了一起，"就是做起来有点儿麻烦。其中的配料之一是杜松子。我觉得你们俩谁都不愿意翻到围墙那边去，从胡波太太的矮松树上偷几个回来的。"

"不去！"克里斯托弗大喊。

"不去！"莉迪娅也附和道。

道菲尔夫人扒着楼梯栏杆俯下身。

"娜塔丽！"她高声叫道，"上楼来，宝贝！快点！道菲尔夫人需要你帮忙啊！"

"行了！你用不着叫她！"克里斯托弗说，"莉迪娅可以给大家做个金枪鱼沙拉。"

"你自己也能做呀！"莉迪娅有些不爽地顶回去。

"我真希望自己能想起来那道菜到底是怎么做的。"道菲尔夫人还在念念不忘，"该怎么做来着？把鹌鹑腿和洋蓟备好，配酱汁，用平底锅把切碎的肉在热油里煎香……你们觉得切碎的是哪部分，宝贝们？"

"我来做金枪鱼沙拉。"克里斯托弗马上就屈服了。

"那我就做个布丁吧。"莉迪娅也妥协了。

道菲尔夫人对这样的安排满意极了。她再次打开窗户，晃着身子看着楼下胡波太太的园子，自言自语道："就让我来告诉你今年种什么会长得特别好吧，亲爱的……"

克里斯托弗将床底下的最后一些杂物都清理干净了，与此同时，莉迪娅也把吸尘器"砰"地一下丢进楼梯间的壁橱里。

道菲尔夫人又仔细查看了下胡波太太家的球芽甘蓝当前的长势。得出满意的结论后，她关上了窗子，像女皇一样优雅地隔着玻璃摆了摆手，作为对胡波太太近日来所担心的植物急性根肿病的回应。

"我不懂她为什么要担心根肿病。"她对莉迪娅和克里斯托弗说着心里话。此时娜塔丽已经爬上了楼梯，她是被刚才的求助声召唤来的。"胡波太太最不用担心的就是根肿病。看了她的菜地，你会认为这个女人只拥有三种园艺工具,鹤嘴锄、喷火器和一把锯。"

"真好笑。"娜塔丽对她说,"我爸爸也是这么说的。"

丹尼尔凝视着他的小女儿,摇了摇头,心中一阵迷茫。他知道,尽管没有提前预警,但每个孩子都找到了不同的方法来面对他所造成的这种诡异处境。对于他的双重身份,莉迪娅是当作一种超脱现实而又简单明了的游戏来对待的。克里斯托弗则是极度戒备,他无时无刻不在准备面临真相大白的可怕时刻。这两个孩子的心态,丹尼尔都能理解,只有娜塔丽,她在适应父亲的双重角色时所采用的方法真的很特别,也很令人费解。

在最初的那几天里,娜塔丽非常担忧,太担忧了,简直担忧坏了!每当装扮成道菲尔太太的丹尼尔自信地在房子里四处走动时,娜塔丽就会一脸愁苦地站在一旁,望着他的眼神中流露出深深的不安与惶恐,每一次开大门的声音或者响起的电话铃声都会把她吓得失魂落魄,仅仅是提到米兰达的名字都会让她紧张不已。很显然,这种状况给她带来了巨大的困扰。以至于丹尼尔都开始怀疑自己打的如意算盘是不是一个灾难性的错误。他原本是想弥补娜塔丽见不到他的失落,结果却因为见到他而让孩子更加不得安宁。

然而,渐渐地,一切都发生了变化。

如今,在娜宝的眼中,他仿佛已经成了两个截然不同的人。随着日子一天天过去,道菲尔夫人似乎越来越真实,而丹尼尔却被她从身

体里挤了出去。这样一来,娜塔丽好像就轻松了许多,曾经快要被紧张情绪击垮的她,又恢复了乖巧温和的本色。她不会再想方设法躲着丹尼尔,专挑看不见他的地方自顾自地埋头摆弄蜡笔和塑料小动物,取而代之的是兴高采烈地跟在他的屁股后面,自在地聊着天儿,把在学校发生的事都讲给他听,比如自己又和谁拌嘴啦,在操场上做了什么游戏啦,甚至还会和他谈论妈妈偶尔会来往的那些男性朋友。

"今天晚上她要和萨姆出去。"她会这样说,然后若有所思地加上一句,"我不愿意她去。"

"为什么,乖宝?"

"我希望她和雷诺思先生一起出去。"

"为什么呢?"丹尼尔继续问道。他的心陡然间陷入无边的忧虑,唯恐这个萨姆为人严厉,或者不通情理,甚至对他的心肝娜宝过于冷酷。

"萨姆只会送来没意思的花,可是雷诺思先生会带来巧克力,很特别的大盒装巧克力,不带难吃的草莓奶油的那种。"

"我倒是挺喜欢草莓奶油的,乖宝。"

"我爸爸也喜欢。"

这句话没法儿接。与此类似的情况还包括他一边倚在水池旁,懒洋洋地就着水龙头冲洗几个碗碟,一边听女儿描述在她爸爸的厨房里,肥皂都成了硬壳,上面那些可怕的尖角把她的手掌心都划破了,而她爸爸用的刷子也已经秃到根本刷不了碗了。这种感觉实在是令人头疼。他痛苦地领悟到,在这种情况下,最好压制住丹尼尔这个身份,不让他跳出来。为那些生活琐事捍卫他自己的面子,必然会使娜塔丽感到紧张。是的,经过这段时日,娜塔丽已经将生活中的这两个守护者明确区分开来,泾渭分明,不可动摇,以至于丹尼尔每次不小心"卸下"了面具,哪怕只有一瞬间——比如隔着房间用他自己的声音召唤她,把她荡起来扛到自己的肩膀上,又或者用丹尼尔式的语言冲着吸尘器骂骂咧咧——都会让娜塔丽当即陷入沉默。她会垂下眼帘,一脸难过地慢慢走到别的房间去,然后一直待在里面不出来。然而,一旦丹尼尔穿上他为道菲尔夫人购置的沉重的雕花皮鞋,再配上新买的、不需要扣别针的头巾以及漂亮的花边衬衫,坦然地成为道菲尔夫人,娜塔丽就会一直开心、自在地待在他身边,非常主动地在各种各样琐碎的家务事上给他做帮手,还会迫不及待地吐露自己的小秘密,也很愿意被他搂抱在怀里。

于是,丹尼尔精心调整道菲尔夫人的举止,避免显出丹尼尔的原形。他学会了在午餐的时候用喝茶的瓷杯来喝啤酒;他偶尔想要抽上一口雪茄就去二楼的楼梯间,那样更方便让烟雾散到窗外,还能在听到宝贝娜塔丽的动静时迅速把烟蒂扔进马桶里冲走,不露一丝马脚;每天的下午茶时分,也是他每天第二遍刮汗毛的固定时间,他都会特意关上浴室门,不让小女儿看到自己。

这一切都很不正常,太不正常了。可是时间久了,也就见怪不怪了。后来,当娜塔丽依旧在每天午后跟着道菲尔夫人满屋子乱转的时候,丹尼尔发现,自己已经开始适应他们之间的那种对话模式,并能准确地应对了。

"把那个衣架递给我可以吗,宝贝?我要把你妈妈的衬裙挂到她的衣柜里。"

娜塔丽正在床上打着滚儿,听到这句话,她顺从地从床上翻下来,从地上拾起衣架。

"这个被人啃过。"她指责道,"边上被啃了。爸爸说过,永远永远也不要啃塑料。"

"他说得很对呀,宝贝。说是塑料,其实你根本不知道自己在啃些什么。"

"没错,爸爸就是这么说的!他说如果特别想的话,舔舔就可以了,但是咬或者放在嘴里啃可不行,绝对不行。他可是认真的。"

"对呀,他说的可是真理呀,宝贝!我要是你,爸爸说的每句话,我都会特别认真地听。"

"我都听了!"

"你做得对!"

"我要织一条领带给他当生日礼物。"

"真的吗,宝贝?那可太好了!我猜他肯定会高兴。"

"我要织一条粉色的。"

"我敢保证他会喜欢。"

"这是个惊喜。"

"一定是的,错不了。把那件内衣递给我好吗,宝贝?就是搭在椅子背上、带蕾丝花边的那件。"

娜塔丽把内衣拿过来,道菲尔夫人仔细看了看,带着不满的神情把它丢进了一堆要洗的衣物里。

娜塔丽"咯咯"地笑起来。

"内衣反复穿,不是好习惯!"她开心地唱道。

"对那些买得起洗衣机的人来说,这些都不是问题啦!"道菲尔夫人话里有话。

"爸爸就买不起。"娜塔丽哀怨地说道。接着,她又想起来一件事。"如果他戴我给他织的粉色领带,可得小心别弄脏了。"她叹了口气,"如果他愿意戴的话……"

道菲尔夫人信心十足地向她保证道:"要是你在爸爸生日的时候给他织一条粉色领带,他肯定会戴的,我敢肯定。"

"莉迪娅也是这么说的。她说,爸爸有整整一抽屉难看的领带,他连那些都戴了,我织的他肯定也会戴。"

"莉迪娅是这么说的吗,宝贝?"

"是的,是的,她就是这么说的。"

娜塔丽盘着腿坐在床上,一副若有所思的样子。

"我试着给爸爸打过电话。"

"是吗,宝贝?怎么了?"

"想问问他喜不喜欢粉色。"

"什么时候打的呀,宝贝?"

"就在刚才你去卫生间的那会儿,不过他不在家。"她心不在焉地拨弄着床罩上的流苏,"他现在经常出门。以前我打电话的时候他总是会在的。"

"娜塔丽……"

"什么?"

"没什么。别太在意。"

其实还是有什么的。他看得出来娜塔丽很在意。他也一样很在意,在意到当米兰达那天晚上很晚才回到家,心情很差地把一个装着灯具处理品的大箱子重重地丢到厨房桌上时,他都还沉浸在自己的想法之中,没想到要缓一缓再报告那通虚构的电话。

"亲爱的,趁我还没走,我想告诉你孩子们的父亲来电话了……"

他注意到,莉迪娅和克里斯托弗兴致勃勃地竖起了耳朵,而娜塔丽简直已经心花怒放了。

米兰达一脸痛苦又疲惫的表情。

"哦,我的天哪!真是时候!"

"怎么了,亲爱的?"

"没事。他什么时候打来的?不用说了,肯定是午饭的时候。"道菲尔夫人很不解。

"午饭?为什么一定是午饭的时候?"

"他就是有这种特别烦人的毛病,总爱在吃饭的时候打电话来。"

"哦!是吗,亲爱的?"

丹尼尔很窝火,暗暗计划着第二天早饭时就要打个电话过来。

"他就是那样的。"米兰达伸手拿过茶杯,"好吧,这次他又想怎么样?"

"又想怎么样?"道菲尔夫人的眼神中含着些许责备,"你也不能怪他纠缠个没完,亲爱的,这几个孩子是你的也是他的。再说,自从我到这儿来工作以后,他也就打过几次电话。"

"是的。"娜塔丽伤心地说,"现在他都不怎么打电话来了。"

一天的工作下来,米兰达已经很累了。她实在没有心情表示同情。

"他根本就不该打电话。他和你们见面的次数够多了,时间表他心里清楚得很。"

"说真的,亲爱的!"这次道菲尔夫人可是义正词严了,"依我看,他打电话来还是很贴心的。不能把生活里的每件事都框进时间表里。孩子们随时想给他打电话都可以,他怎么就不能打给孩子们呢?如果

父亲和孩子们之间需要交流,做母亲的无权干涉。"

米兰达耸了耸肩,打断了他的批评。

"他想要干什么?"

在这几乎要争吵起来的压力之下,道菲尔夫人脱口而出的回答,比原本准备好的要"奢侈"了许多。

"他想周六下午带孩子们去剧院看演出。"

娜塔丽高兴得尖叫起来。米兰达却发火了。

"这个周六?可是这个周末孩子们归我!"

"但是你要到周六晚上六点才能回来,亲爱的。你亲口对我说的,让我周六白天也要过来一下,因为你要去伍尔弗汉普顿参加一个家居灯饰研讨会。你自己说的。"

"那也算是我的周末!"米兰达气冲冲地说。

道菲尔夫人鼓足了勇气。

"原谅我这么说,亲爱的,但是你这个态度是不是有点儿蛮不讲理呢?"

米兰达的火气更大了。

"真要命!实在太烦人了!"

克里斯托弗冲上前来。

"求你了,妈妈!就让我们周六跟爸爸去吧!我都好长时间没有去看过演出了!"

"我都想不起来上次去剧院是什么时候了！"莉迪娅说。

"我还从来都没去过呢！"娜塔丽说。

"你去过。"道菲尔夫人很肯定地纠正她,然后马上改口道,"我相信你肯定去过,宝贝。错不了。我看你只是不记得了。"

"我们全都不记得了。"克里斯托弗说,"时间太久了。就让我们去吧,妈妈！求你了,求你了,求求你了！"

"哼！这可不好说！"米兰达瞪着眼,生气地说,"你们的爸爸不应该就这样打乱计划。谁知道他会不会按时送你们回来？你们了解他的！再说,他很可能还没买到票呢,他总是能干出这种事来！让你们三个都兴高采烈地等着,然后周六他就会跑来说所有的票都已经卖光了。等我筋疲力尽地从伍尔弗汉普顿回来,还得再想办法哄你们几个开心。像这样的事已经发生得够多了！哦,天哪,这个人可真能添乱！"

"可是万一他买到票了,我们能去吗？"

"哦,我的天哪,简直太烦人了！"米兰达愤然说道。她表现得像是整件事已经被决定了,而这个决定令她极其不满。

克里斯托弗还没反应过来。他茫然地环顾四周："妈妈的意思是我们可以去了？"

米兰达气得脸色铁青。她用牙齿咬着自己的手指："真是的！我想不通！太气人了！岂有此理！他就是这个做派！"

显然,道菲尔夫人介入的时机来了。于是她开口了。

"我觉得你们的妈妈是在用开玩笑的方式表示同意,宝贝们。"她对孩子们说,"而且,要我说的话,你们真是幸运儿,能荣幸地和丹尼尔·希拉德一起去剧院!他可是个非常优秀的演员,真的很优秀!"她被米兰达刚刚的话刺激到了,越说越激动:"的确是如此,我亲眼看过他在舞台上的表演……"

"真的?"莉迪娅和克里斯托弗咧嘴笑着。而娜塔丽更是激动不已:"演的什么?他演的是什么呀?"

道菲尔夫人突然间僵在了原地。克里斯托弗的脑海中闪现出一幅遥远而模糊的画面,那是他平生第一次去看童话剧,一个身材高挑的男人穿着女装在灯光耀眼的舞台上欢蹦乱跳。他记得妈妈当时侧身过来,在他耳边小声说:"瞧,那个是你爸爸,就是那个正和香肠跳舞的人,他演的是道菲尔夫人。"

"您的公交车!"克里斯托弗大喊一声,"您要错过这班车了!"

有这一声令下就足矣。道菲尔夫人万分感激地扑身到桌下,拿起她的手袋,一阵风似的穿起外套。

"再见了,宝贝们!"她道别的声音直发抖,"明天见!"

她朝身后抛下飞吻,仓皇而去。

米兰达摇了摇头。道菲尔夫人让她无可指摘。刚才,因为拎了那个装着破损灯具配件的脏兮兮的箱子,她跑上楼去洗手,就那么一会儿工夫,她发现家里看起来令人很舒服,真的舒服极了。她卧室里随意乱丢的一切都被精心收拾齐整。莉迪娅和克里斯托弗的房间也是无比整洁。但是,尽管如此,米兰达有时还是会觉得,自己雇用的是天底下最奇怪的一位保姆。

她转身看向她的儿子。这孩子的表情,似乎有一点点紧张。

"克里斯托弗,"她说道,"你觉得道菲尔夫人怎么样?"

惊魂未定之际,克里斯托弗暗自思忖,不由得怨愤地想起就在妈妈快进家门时,自己刚刚从洗手盆里捞出了一个吸饱了水的雪茄烟蒂。

"挺好的呀。"他肯定地回答,"一点儿问题都没有。"

米兰达拨弄着手中的茶匙。

"其实她……怎么说呢……有点儿奇怪,你不觉得吗?"

"不!"克里斯托弗回答得很坚决,"我没觉得她奇怪。莉迪娅也没觉得,娜塔丽也是!"

"可是至少,她是那么……那么……人高马大。"

"她也没那么高大。"克里斯托弗争辩道,"也就比你高一点点。"

"但我的个子已经很高了。我只比你爸爸矮一点点,道菲尔夫人竟然比我还高!"

"那又怎样?"

这充满戒备的口气,足以令米兰达感到诧异。她突然想到,儿子身上是不是有从未被发现的骑士血统。

"就是说,你得承认,她块头很大。"

"不。"克里斯托弗很固执,"我没觉得她块头大。"

"哦,别这样,克里斯托弗!"

米兰达有点儿被激怒了。她转向大女儿。

"你怎么看她,莉迪娅?"

"她嘛……"莉迪娅一撇嘴,"她是有点儿奇怪。"

米兰达松了口气。孩子们当中至少有一个还算是明白的。

"对吧?她就是很怪!可你们觉不觉得她做得很好?是不是比和你们的爸爸在一起要好多了?"

停顿了一刻后,莉迪娅才开口回答。

"也不能说比爸爸好。不过,反过来说,也不比爸爸差。我觉得只能说是……不一样。"

这个回答让米兰达挺满意。她又转向娜塔丽。

"那你是怎么想的呢,娜宝?你喜欢道菲尔夫人吗?"

"嗯,我喜欢!"娜塔丽瞬间表态,"我太喜欢她啦!"看到哥哥姐姐都朝她咧嘴笑,她又赶紧补充了一句:"我觉得道菲尔夫人应该算是我最喜欢的人了!"

莉迪娅逗弄地问她:"那爸爸不是了?"

娜塔丽被问得愣住了,她瞪大眼睛望着姐姐。

见她这副样子,米兰达知道,这孩子的心中肯定纠结万分。

娜塔丽深吸了一口气,呼出来,然后又深吸了一口气。

"我觉得……"她磕磕巴巴地说道,"我觉得……我觉得……"这时,她的脑海中灵光乍现,她带着胜利的喜悦把这句话完整说了出来:

"我觉得他们两个人我都喜欢,一模一样!"

第六章　快乐的一家人

第二天晚上,当花园小路上传来米兰达高跟鞋的声响,正在浇花的道菲尔夫人停下了手中的活儿。

"到家了,你们的妈妈从管理帝王城的工作中回来了。"

米兰达走进大门的时候刚好听到了后面几个字。

"管理帝王城?"她在门厅里疑惑地问道。

"抱歉,亲爱的!"道菲尔夫人高声说,"我是说灯具城。我总是说不清楚这个词。"

克里斯托弗紧张地看了一眼莉迪娅,她正低头看着作业本偷着乐。米兰达走进屋,并没有注意到女儿的表情。和每天下班时一样,她累坏了,而且脚很痛。她欣慰地看着壁炉中烧得很旺的炉火,就近倒在一把沙发椅上,蹬掉那双不合脚的鞋子。

"来杯茶提提神,亲爱的?"

米兰达伸手接过茶杯,心里充满感激。这杯茶,正如温暖的炉火和道菲尔夫人一样,简直完美。前一晚的疑虑已然被忘却,米兰达在心中赞美着这位又高又丑的童话夫人来到她家的那一天。或许道菲尔夫人真的是个怪人,但米兰达却是个地道的生意人,她懂得要根据成果来下定论。而聘请道菲尔夫人这个决定,从成果来说不亚于一种神奇的魔法。孩子们都更开心也更安定了,家里的一切都井井有条,而这位保姆做烘肉卷的手艺和丹尼尔比起来都不相上下。每当她像现在这样,坐在沙发上舒展开身子,手捧热茶,面前是早早就燃起的熊熊炉火,看着两个大孩子坐在桌前写作业,娜塔丽乖乖地在地上摆弄着她的那些塑料小玩意儿,米兰达总是无法想象,在道菲尔夫人出现之前,自己和三个孩子究竟是怎么熬过来的。

日复一日,这位保姆不断地给她带来惊喜。此时此刻,烤炉中正烹制着美味营养的晚餐,昨天熨烫完的衣物已经分别码放到各个房间的抽屉和衣柜里,鹌鹑喂过了水和食,厨房收拾得一尘不染。然而,道菲尔夫人并没有歇息,她低垂着那裹着头巾的脑袋,正在为摆放在书架上的一株植物而忧心。

"这株紫露草看起来可不太妙呀。"她说,"恐怕在我来之前它就已经不行了。"

"我看没什么问题呀。"莉迪娅说,"就是叶子细了些,有点儿发

硬,看上去挺有意思的。"

道菲尔夫人看着莉迪娅,毫不掩饰难看的脸色。

"紫露草是丛林里的植物。"她告诉莉迪娅,"它应该长得非常茂盛才对。可是这一株上的叶子,哪怕是一个手有毛病的人,也能掰着指头数清楚。"

"但是其他花草经你照料后简直好得出奇。"米兰达安抚着她的宝藏管家,"自从你接手打理,它们都越来越茁壮了。"

米兰达说的是实情,那些植物的确都得到了拯救,就连奄奄一息的那几株也活过来了。"这盆黑眼苏珊看起来可不大好呀。"道菲尔夫人进这个家门的第一天,就一边吃力地系着头巾上的蝴蝶结,一边这样抱怨着,"那棵垂头丧气的无花果树比一根劈柴好不到哪儿去。"她找到肥料、喷壶、叶片刮水刷和细细的绿色支架,即刻动起手来。于是,石竹花更加粉红娇艳了,爬山虎爬得更高了。叶子都茂盛起来,花蕾都含苞待放。吊篮中攀缘植物的藤蔓又长又密还打着卷,每天晚上米兰达走进门廊的时候,头发都会被它们缠住。

道菲尔夫人有些得意。

"是的,我可没祸害你的这些植物。"

"祸害?"米兰达故作不平道,"怎么会!屋里屋外,到处都是你创造的一个个奇迹。你和我前夫一样,他也是个调理花草的高手。"

她听到身后传来"哼哧"一声,担心是莉迪娅受了春天的风寒。但是还没等她回身去查看女儿是不是有感冒初期的征兆,道菲尔夫人就探身过来,拍了拍她的手腕,把她的注意力又拉了回来。

"我刚来的时候,这些植物的状态简直令人痛心,亲爱的!令人痛心!从当时的样子来看,过不了几个月你的凤仙花就要活不成了,非洲紫罗兰也是我勉强才救活的。我不得不说,亲爱的,你也太马虎了。"

"我尽力了。"米兰达叹气道,"可我就是照料不好花草。我费了好大的力气在它们身上,可惜,自从丹尼尔离开家,它们就每况愈下。"

"可怜的花花草草!"娜塔丽站在她跟前,同情地轻声说道。

米兰达继续唠叨着。

"去年春天,我发现石竹花快要不行了,还试着剪下来插枝呢。我把它们满满地插到一个灌了水的果酱瓶里,然后移到地下室,放在锅炉旁的那个箱子上了。"

"没必要对你养的花草这么娇惯吧。"道菲尔夫人品评道,语气含讥带讽,一反常态。这让米兰达有点儿惊讶。

"它们活得还挺好的。"她为自己辩解道,"过了几个星期,我发现它们的底部竟然开始长出那种小小的白色的东西。"

"那叫根。"道菲尔夫人说,"那些小小的白色的东西叫作根。"

"然后我就把它们塞到几个生锈的罐子里,在里面填上了那种厚厚的棕色的东西……叫什么来着?"

"土壤。"道菲尔夫人说,"我们这些热衷园艺的人把那个东西称作土壤。"

"不对!"米兰达想起来了,"那东西叫'绿拇指巧手太太二号特制土'!"

她说完,满意地把身子靠回椅背上。

"是吗?"看起来米兰达终于把这个故事讲完了,于是道菲尔夫人问道,"那么后来怎样了呢?"

"哦,后来它们就死了。"

道菲尔夫人努力控制自己,只表现出微微的惊讶,但她无法克制自己对植物的死因做一番专业剖析。

"估计你是把它们饿死了,或者烤死了,也可能是淹死了。"

"也可能是得了叶枯病。"莉迪娅提出她的见解。

"也可能是因为一直让它们吹着风。"克里斯托弗说。他也抛开了紧张的情绪,不甘心落在这一群各抒己见的"园艺专家"后面。

"我觉得它们肯定特别难受。"娜塔丽说,"石竹花最不喜欢被打湿脚了。"

"它们的确讨厌湿土。"道菲尔夫人附和道。

米兰达凝视着他们。她没想到娜塔丽会对植物有所了解。最近,这个小女儿越来越令她感到诧异,小家伙嘴里常常蹦出来许多稀奇古怪的说法,都不像是在学校里能学到的。每天下午放学回家后,娜塔丽就像个小尾巴一样跟在道菲尔夫人身后到处转,看着她浇水、喷雾、施肥、剪枝。两个人聊着天儿,交流着园艺的秘诀。这让米兰达很开心。过去的几年里,有太多时候,她都只能被迫承认自己是个迟钝又冷漠的家长。为了养家糊口,她常常不在孩子们的身边,常常为了灯具城的日常事务忙得精疲力尽,常常没心情坐下来听孩子们说说话,只因为自己实在是太累了。而道菲尔夫人的出现如同天降神兵,使米兰达卸下了重担,而且越来越轻松。所有事情都变得轻松了,自然而然地,日子也变得愉快起来,就连在工作的时候也能不那么神经紧绷。是的,在米兰达记忆中这还是头一次,她再也不用担心回家后会经历一番鸡飞狗跳。

这个保姆真是太能干了!尤为令人钦佩的是,她还特别有主见。在她这里绝对没有"等等再说吧"这种情况。这几年,米兰达为了上班时间家里能有个帮手,雇用的保姆像走马灯似的换了一个又一个,而在米兰达看来,无论是年轻姑娘还是成熟的妇女,道菲尔夫人从未像她们那样,陷入"带娃疲劳"模式当中,说出"这个我可不清楚,最好等你妈妈回来问问她"这种老套的话。

恰恰相反,道菲尔夫人对这几个小家伙是米兰达的孩子这件事好像并不是很在意。她仿佛是发自内心地相信,自己已经获得了一个真正的家长所拥有的全部特权。即便在此时,米兰达正啜饮着第二杯茶,将脚尖伸到壁炉边上取暖,道菲尔夫人也会突然严厉地训斥克里

斯托弗,让他把翘起来的两条椅子腿放下,接着又提醒小娜塔丽如果她能忍住不用手指挖鼻孔,那么全家人都会拥有好心情。

起初,这种被人分摊了家长特权的感觉还真让米兰达有那么一点点不安。不过,当这种格局的益处实实在在地摆在眼前,当她发现长久以来自己过的那种疲惫潦草的日子现在已然处处透着滋润舒适,她也就心安理得,乐享其成了。

"我警告过莉迪娅了,她必须把那份历史课的作业写得像模像样,要不然明天晚上就不能和她爸爸去剧院了。"道菲尔夫人居然还在念叨,"你没能早点儿回家太可惜了!我让克里斯托弗刷了所有的鞋,包括那些看起来需要抛光的。"

她站起来,抖了抖身上沉重的毛呢裙子。

"照这个速度,我又得错过一辆公交车了。要不要我在走之前帮你把壁炉的火封上?"

话音未落,她已经用一只大手毫不费力地拎起煤桶,接着又把一堆煤块丢进炉膛。

"还有,我都交代给娜塔丽了,从今往后,由她负责把洗碗机里洗好的碗碟拿出来。"

"您真的是座宝藏,道菲尔夫人。"米兰达喃喃地说道,"比一个丈夫要强多了!"

"那可要看是谁的丈夫,亲爱的。"

米兰达笑出了声。

"是呀,至少,比我的强。"

"噢?是吗?"道菲尔夫人伸手去拿仿鳄鱼皮手袋的动作变得迟疑起来。

在他们妈妈身后,莉迪娅和克里斯托弗互相对视了一眼。克里斯托弗咬住了嘴唇,每次爸爸在米兰达回来之后还拖延着不走的这段时间里,他每分每秒都会感到无比焦虑。克里斯托弗认为,只要米兰达进了家门,道菲尔夫人说的每句话、做的每个动作,都是冒着风险的,简直是危机四伏,随时都有可怕的事故发生:道菲尔夫人也许会被什么东西重重地砸了脚,然后爆出丹尼尔特有的那种咒骂;她的头巾可能会从头上掉下来;她也许会忘记锁厕所的门,结果呢,既吓到别人也吓到自己。哪怕只说眼前,在房间里这悄然袭来的温暖的诱惑之下,谁说得准道菲尔夫人会不会想都不想地就把她那镶边的大衬衣袖子卷起来,露出两只肌肉发达的毛茸茸的胳膊来呢?

然而莉迪娅却在偷笑。她觉得很有趣,看着父亲每天小心翼翼地乔装打扮,诱导着米兰达揭开一连串有关往昔婚姻生活的伤疤。这是危险的,没错,但同时也很精彩。米兰达那些被道菲尔夫人套出的率性言语,能使莉迪娅对父母的婚姻为何失败一窥端倪。在过去的几周里,莉迪娅已经校正了不止一处自己对父亲或母亲曾经有过的误解,也填补上了不止一处的空白。为了听到这些关于过去的引人入胜的

细节,就算蹑手蹑脚走在雷区里也值了。

不仅莉迪娅一个人如此,丹尼尔也一样,他似乎早已做好了准备,去冒真相随时会被揭开的风险。甚至可以说,他几乎像是在享受每天那短暂又危险的逢场作戏时刻,享受一场紧张刺激的、如同蒙眼抓人的游戏,而他的前妻永远被他困在蒙眼人的角色里。

"所以说,你的前夫,他这个人不值得稀罕?"

"天哪!太不值得啦!"米兰达扬起手臂,摘下那一头秀发上的卡子,"我来跟你说说他的毛病出在哪里。"

"好呀,亲爱的!快说说!"

克里斯托弗趴在作业本上不安地扭动着身子。莉迪娅竖起了耳朵。娜塔丽也从她的塑料小玩具上抬起头来。

"我前夫这个人……"米兰达用尽全力深吸了一口气,仿佛再次被丹尼尔的恶贯满盈所伤害,经过几年来偶尔的解脱后还仍然那样刻骨铭心,"是我见过的最不负责任的人,遇见已经是不幸,何况我还嫁给了他。"

"什么?这不可能吧!"

"就是这样的!他太不负责任,连野地里的一根木头都没办法信任他,更不用说一个家,一个妻子和几个孩子了!"

"他到底干了些什么呢,亲爱的?"

"我来告诉您他干了什么!"只不过是一段回忆,已经把米兰达气得向后猛甩了一下头,耀眼的红色长发从头顶垂落了下来。她又使劲地甩了甩,让头发像扇面一样在脸颊两边披散开来,那样子就像个复仇的天使。

"脾气暴躁!血口喷人!想甩包袱!无理取闹!夸大其词!叛徒!伪证!"丹尼尔在心里骂道。

"说呀,亲爱的?"他口中却和蔼地提醒道。

"听好了。"米兰达说。

所有人都在倾听。

"我第一次意识到自己嫁给了一个疯子,"米兰达开始讲了,"是在我的婚礼那天。我二十二岁,穿着长长的白裙子,头上戴着橘色的花。那是一个春光明媚的下午,蓝天上飘着朵朵白云,我们邀请的所有宾客都到了,除了两个我根本没打算请的坏脾气舅舅。那本该是完美的一天……"

"这件事我听过,我还记得。"克里斯托弗极力想制止她说下去,同时盼着父亲赶快拿上皮包回家。

"嘘!"娜塔丽责怪道,"我们在听故事呢!"

"办理结婚仪式是在市政厅。我到那里时,就看到你们的爸爸正站在台阶上,望着隔壁超市门口的一个女人。"

"我肯定听过这件事。"克里斯托弗说。他还抱着一线希望能阻止妈妈继续说下去。

"安静！"娜塔丽生气地制止他。

"那个女人想把几只小猫送出去。她身边放着个纸箱子，时不时就有小猫咪的耳朵或者粉粉的鼻头从里面探出来，然后再缩回箱子里。她写了一个牌子，说这些小猫急需被领养，如果到那天晚上超市关门的时候还没有人收留，它们就只能被人道毁灭了。"

娜塔丽坐在那儿听得入了神。她妈妈接着说道："我知道丹尼尔为什么会特别关心这个，他自己养的猫在八个星期前刚刚生下了一大堆的小猫崽，他还一只都没有送出去呢，尽管我们马上就要去度蜜月了。"

"去哪里度蜜月呀？"莉迪娅问道。

"苏格兰北部。"道菲尔夫人告诉她。

米兰达惊呆了。

"您怎么知道？"

在略显尴尬的停顿后，道菲尔夫人解释道："亲爱的，你记不记得那些被你塞到衣柜后面、谁也找不到的带相框的照片？上周我把它们整理了一下，留意到其中一张上，一个相貌堂堂的男子隔着咖啡桌给了你一个亲吻。"

"可是您怎么知道那是我蜜月时拍的照片呢？"

"这个嘛……"道菲尔夫人显得有些惊慌，"亲爱的，那可是当众接吻。"

"那您怎么知道是在苏格兰呢?"

"我认出了那里的悬崖峭壁,亲爱的,还有那让人无精打采的阴雨天气……"

"接着讲啊!"娜塔丽恳求道,"那些可怜的小猫咪怎么样了?讲讲那些小猫咪吧,求你了妈妈!"

让她一打岔,米兰达又回过头继续讲那天的事。克里斯托弗总算松了一口气,而道菲尔夫人也小心翼翼地抹了抹掌心出的汗。

"你们的爸爸一看见我,就从台阶上跳了下来。'听我说,'他说,'我刚刚在和那个女人聊天儿,一开始她有六只小猫,显然昨天她就淋着大雨在这里站了一整天,今天早上又遇上了可怕的冰雹。现在只剩下两只小猫了,而且商店里有个女孩答应领养其中的一只。'"

看娜塔丽的表情就知道,她心里的那块石头这才落了地。

米兰达继续讲道:"我们已经迟到了,我拽着他的胳膊一起走进市政厅。所有人都等在那里,我们二话没说就办完了结婚仪式。你们的爸爸简直神不守舍,把结婚戒指都弄掉了两次。"

"你不该指望天气预报告诉你风会往哪边吹。"道菲尔夫人轻声责备道,"在一切都无可挽回之前,你就应该全身而退。"

"他也应该这么想!"米兰达针锋相对地回应。

"哦,没错,亲爱的,他也应该!这是毫无疑问的!"

莉迪娅突然感到心头一震,假如她的爸爸妈妈当中的任何一个,

在那一刻选择了放弃,她和她的弟弟妹妹就都不会来到这个世界。这个想法太令人抓狂了。她想把这个念头强压下去,留待晚些时候再细细琢磨。

这时候,米兰达说道:"不论怎样,我从来没有想过要放弃。我那时觉得很幸福,我爱他,也需要他。所以就这样,我们还是结婚了。我们走下登记台,所有的亲友都围上来拥抱我们、亲吻我们,然后……"她突然停住了。

"然后?"

"然后?"

"然后?"

丹尼尔忍住没有加入他们。他当然清楚当时发生了什么,清楚得不能再清楚了。

"然后你们的爸爸就不见了。"

"不见了?"

"不见了?"

"不见了?"

"不见了!没影儿了。哪儿都找不着了。溜走了。消失了。"

"那你怎么办呀?"

"我能有什么办法呢?隔了一会儿,我让哥哥去卫生间看看他在不在,我哥哥从那里摇着头走了出来。所有人都在大厅里团团乱转,抑制不住好奇,三三两两地聚在一起窃窃私语,猜想着新郎是不是上演了一出结婚不到五分钟就逃婚的经典大戏。我妈妈哭了,我爸爸一脸杀气。"

"天哪!"娜塔丽倒吸了一口气。她试着想象自己那胖乎乎又和蔼可亲的外公杀气腾腾的样子,但怎么也想象不出来。

"那你呢?"莉迪娅听得入了迷,"你当时怎么样了?"

"我?"米兰达捏起掉落在衣服上的一根线头,"我觉得天都要塌下来了。尴尬、悲惨、丢人,整个人都蒙了。我的婚礼变成了一场笑话。在我看来,所有的一切都随之毁灭了。"

"你肯定难过极了。"莉迪娅说这话时,若有所思地盯着道菲尔夫人。

道菲尔夫人绷紧了脸,米兰达以为这阴郁的神色是在对自己表示同情。她接着说道:"我逼着自己假装什么事也没有发生,穿梭在宾客当中,谈笑风生。不管是谁偷偷来打探丹尼尔到底是怎么回事,我都一口咬定他马上就会回来,很可能是在准备一个美妙的惊喜。"

"结果有惊喜吗?"莉迪娅冷峻而深邃的目光一直停留在道菲尔夫人身上。

"有呀……"米兰达语气淡淡的,"是很惊喜……"

"是什么呢?"

"你耐心点。过了大概二十分钟,我正觉得尴尬得不行了,一位招

待员悄悄走到我父亲身边,提醒他我们该走了,后面还有好几场婚礼,可我们把大厅占住了。于是我们就转移到大门外,站在台阶上,然后,就发现了你们的爸爸。"

"他在哪儿?"

"台阶下面,就在我们的眼前。他刚从二十七路公交车上跳下来,手里抱着一个纸盒子。"

"是给你的惊喜!"娜塔丽叫了起来,为爸爸终于能够保住名誉而开心。

米兰达用悲悯的目光看了看她,继续说道:"然后,在众目睽睽之下,你们的爸爸把纸盒子夹在胳膊底下,蹿上台阶一把抓住我的手腕。'快!'他低声说,'她马上就要走了!'我几乎是被他一路拽下台阶的,我的胳膊都被他捏紫了,裙子也被撕坏了。所有人眼睁睁地看着他把我拖到对面超市门口那个可怜的女人身边,她还站在那里,又孤独又疲惫,巴望着给最后一只小猫找个家。'给!'他对那个女人说,'这些都给你!'你们知道他做了什么吗?"

娜塔丽不耐烦地扭动着身子,等不及要听下去。

"他揭开纸盒的盖板,把一大团毛茸茸、闹哄哄的东西倒进了那个女人的纸箱里。是他那一整窝小猫崽!他又给她添了八只漂亮可爱惹人疼的小猫咪!那个女人吓呆了!完全目瞪口呆!我觉得她被刺激得快要晕倒了,惊愕得说不出话来。还没等我开口或者做点什么,丹尼尔拽着我就走,他拉着我穿过拥挤的人行道,又推搡着我上了一辆刚好经过的公交车。我拼命地想跳下车回去找那个女人,可是被丹尼尔拦住了。他开始吻我,直到交通灯亮起了绿灯,车速快到我不敢再往下跳了。"

此刻,孩子们都瞪大了眼睛,而道菲尔夫人的脸色十分难看。

"然后公交车上的所有人都开始鼓掌,他们为丹尼尔亲吻自己的新娘而鼓掌。而我气极了,打了他一记耳光。车上的人都皱起了眉,转过脸,交头接耳地议论着我的坏脾气。在他们眼里,这位可爱的小伙子显然是犯下了人生中最大的一个错误。"

米兰达吐出一声悠长的叹息。

"当然,也许问题出在我身上,也许是我看待事情的角度不对。我能告诉你们的,就是当我穿着又脏又凌乱的婚纱站在那辆公交车上,以四十公里的时速驶离我自己的婚礼现场时,真的快要哭瞎了眼睛。我发现自己犯了一个最可怕的错误——嫁给了天底下最不负责任的一个男人。"

很长时间里,屋里都一片寂静。娜塔丽惦记着那个可怜的女人,为了送出又一箱小猫咪,她不得不在超市冷冰冰的砖墙外再站上整整两天,或许更久。这就像一次没有尽头的课间休息,娜塔丽想,没有朋友一起说说话,也没有好玩儿的游戏可以让身上暖和起来……

克里斯托弗觉得很好奇,刚刚这个故事他从来都没听说过。就算

妈妈想忘掉这件事,爸爸又羞于提起,可是他的外公外婆在这么多年里总应该说起一次两次的吧。不管怎么说,他们为这场婚礼和被搅乱的聚会肯定破费了一大笔钱,而且一定非常扫兴,非常生气。可他们从来都没提起过这件事,真是太奇怪了……

莉迪娅思索的是,如果他们是在一座教堂里举办一场传统的婚礼,情况会不会有所改变,或许会对爸爸那任性的脾气有所约束?但想来想去,她认为还是改变不了的。爸爸最大的问题是缺乏尊重,不过不是对结婚仪式的不尊重,而是对妈妈的感受和愿望缺乏尊重。换个角度来听这个故事,其实还是挺好笑的,莉迪娅能体会得到,但这也仅仅是从外人的角度,并且是在过了许多年之后回头去看。而在事情发生的当时当刻,肯定既不觉得好笑也不可能原谅,尤其是公交车上的那一吻,那是他们婚后的第一个吻,却被他变成了一场丢人的闹剧。倘若把当年的妈妈换作自己……

"如果我是你,妈妈,我决不会嫁给他!"

米兰达被女儿话音中那强烈的情绪震惊到了。丹尼尔当然也是。心乱如麻之际,他为自己打了个圆场,设法平息这阵汹涌的波涛。

"这已经是很久以前的事了,亲爱的。桥下流水,一去不回。我相信你们结婚之后他表现得就好多了。"

"刚好相反。"米兰达说,"只能说,他变得更糟了。"

"怎么会呢?"莉迪娅问道。

"会的。"米兰达说,"我们刚开始度蜜月的时候,在从伦敦开往因弗内斯的火车上,他和同车厢的一位素食者悄悄嘀咕了一路,开玩笑说列车上的每一份餐食其实都是用动物油烹制的。如果不是我在火车到达约克站的时候反应过来,那个可怜的素食者就会挨饿!"

"这件事我肯定听过。"克里斯托弗把自己之前想要保护父亲免受攻击的原则完全抛到了脑后,还不无炫耀地补了一句,"还有胡波太太的大公猫被困在榆树上那一回。"

"那件事我不记得了。"莉迪娅说。

道菲尔夫人使劲咳嗽了几声,可是谁也没听见。大家都在听克里斯托弗说。

"那天早上,那只猫爬上榆树下不来了。它在树上待了一整天,到了天黑的时候,它都看不清那些撒在树下引它下来的零食了。胡波太太慌得不得了,去找人借了梯子,拖着梯子'哗啦哗啦'地跑东跑西。她大喊着猫的名字,拍打着花园棚屋的门,用梯子去撞树枝,整条街上的人都被吵得没法儿睡觉。到了夜里两点,爸爸气极了,他推开窗户,探出身子大声喊道:'别吵了!快睡觉!'胡波太太也喊着:'那我可怜的猫咪怎么办呢?'结果爸爸用最大的嗓门儿冲她吼道:'老天在上,你都活了四十九岁了,见到过树上有几只猫的骷髅啊?'"

"我没听过这个故事。"莉迪娅说,并没有理睬一直在清嗓子的道菲尔夫人。"我只听过在杰克舅舅的葬礼上,所有人都站在那里抹眼

泪。"她冲道菲尔夫人诡笑了一下,"而爸爸突然假装被灵车轧到了脚。"

"然后呢?"克里斯托弗问。

"驾驶灵车的司机被吓得差点儿犯了心脏病。而爸爸单腿在地上跳着,手扶着另一条腿,直到突然一个踉跄,栽进了刚刚挖好的墓穴里。"

"我都不知道有人给你讲过这件事。"米兰达说。

"听露丝阿姨讲的。"莉迪娅说,"有一天她还告诉了我另一件更恶劣的事呢。"

"更恶劣的?"克里斯托弗的耳朵都快要竖起来了,"什么事呀,快点给我们讲讲!"

道菲尔夫人铁青着脸不说话。莉迪娅继续讲了下去。

"这件事发生在几年以前。"她的声音里有些许不太寻常的威胁的意味,让道菲尔夫人如坐针毡,"露丝阿姨到家里来看宝宝。"

"哪个宝宝?"娜塔丽很想知道。

"就是你。"莉迪娅告诉她,"就是你呀,娜宝!那时候你太小了,还不能自己坐起来呢。不过,你已经会打滚儿了,而且经常滚来滚去。"

娜塔丽"咯咯"地笑起来,不太相信姐姐说的话。

"当时你正在睡觉。露丝阿姨刚刚在沙发上给你换了尿布,你就躺在那儿睡着了,睡在两个沙发垫中间。她不想把你抱起来放回婴儿床,担心那样会把你弄醒,可是她又想去趟卫生间。露丝阿姨说,她当时急得没办法,从她进了家门后就没有一刻喘息的时间。这时,爸爸刚好走进屋来,露丝阿姨就让他帮忙看着你。'千万别让宝宝从沙发上滚下来!'她提醒完就急急忙忙地跑去了卫生间。可当她关好门,插上门闩,刚刚坐到马桶上,就听到客厅传来可怕的'扑通'一声。露丝阿姨说,那声音听上去就像是小婴儿头朝下摔在地上的动静!她急忙从卫生间飞奔出来,裤子都还缠在脚踝上。"

莉迪娅停了停。道菲尔夫人探身到椅子下面去拿她的皮包。

"是爸爸,没错。是他故意在地板上跺了一下脚。"

道菲尔夫人站起身,把皮包紧搂在胸前。她面无表情。

"我还是该走了。"她冷漠地说,"我相信孩子们的爸爸的这些小故事,能让你们一直乐到上床睡觉。"她冷冷的腔调中含着一丝辛辣嘲讽的味道:"只能说,亲爱的,我完全没想到你经受过这么多的苦难。"

米兰达根本没听出这句话里的挖苦。

"真的太苦了!"她接过话茬儿,"压力太大了。我承认,我的性格是比较古板。可有时候,我真的觉得丹尼尔能把一切都做得很完美,就是做不了一个正常的、有责任心的普通人!"她叹了口气。"可能我最初就是被他的这一点所吸引了。我自己是那么严肃谨慎的一个人,我以为我和他或许能够很好地互补,甚至以为他或许能改变我。"她

又叹了口气,这次更沉重了,"但婚姻并不是这样的。人的本质是不会改变的。和丹尼尔一起生活就像是在刀尖上行走,我永远猜不到他又会干出些什么。"她两手摊开,这个动作和丹尼尔说起她的时候一模一样:"所以,到了后来,我最介意的已经不是有没有责任心这件事了,而是那种无地自容的感觉,是他令人抓狂的行为所带来的尴尬,那种极端、可怕、令人崩溃的尴尬。"

在妈妈身后,莉迪娅动作夸张地翻开一本法文书,然后用手指塞住了自己的耳朵。她突然间很生爸爸的气,并且想让他感受到自己的愤怒。米兰达如此敞开心扉,付出百分之百的信任,但她并没有意识到自己是在对丹尼尔说话,莉迪娅觉得这样对妈妈既不公又无礼。这是一种恶劣的背叛,莉迪娅心想,就像在公交车上假装出来的那个吻,她再也不想介入其中了。

丹尼尔感觉到了女儿表现出的嫌恶,他想迅速地结束这场谈话。

"这些事都过去很久了,亲爱的!你们两个人已经离婚好几年了,一切都过去了。"

"过去了?"米兰达站起身,把放在椅子扶手上的茶杯都碰掉了,"过去了?!从来就没有过去!恰恰相反,变得更严重了!他还和从前一样糟糕,我得不到任何预警的信号,我控制不了他的行为,甚至都没有机会在事情过后告诉他我到底是怎么想的!"

她迈开大步穿过房间。有那么一瞬间,丹尼尔都以为她要过来揍自己一顿了。然而,米兰达只是走到他椅子边上的一个书柜旁,弯下腰来。

"还说什么过去了!看看隔壁的胡波先生送来了什么!刚送来没多久!"她从书柜后面往外拖拽着一件被卡住的东西,"看看这个吧!是我的邻居画的!"

她拽呀拽呀,但是显然,塞在书柜后面的那个东西被卡得很紧,要拽出来很费劲。

道菲尔夫人的脑海中无比清晰地浮现出了胡波太太带回家的那些美术课上的作品。她紧张地问道:"你这样做是明智的吗,亲爱的?当着孩子们的面……"

米兰达没有理会他,继续疯狂地晃动着书柜。终于,那个东西被拽了出来。那是胡波太太创作的最"亮眼"的一幅艺术品。

丹尼尔只是草草瞥了一眼,内心深处已经窘迫至极。这幅画简直令人作呕。画中的他木讷而狼狈地站着,四肢当中貌似有三条是严重畸形的。有些部位的皮肤被画成了特别难看的紫褐色,有些则是那种有毒的仙客来花才会有的惨白色。他的脚被画得很拙劣,像两个变了形的门把手。比这一切更糟糕的是,画里正是他做模特儿时的样子,一丝不挂,最私密的地方一览无余。

他想回避不看,但他不得不看。

"看到了吧!"米兰达如愿了,"别人会怎么想呢?"

慌乱中,道菲尔夫人将胸前的皮包抱得更紧了。

"你不会想把这幅画挂出来让人看的,对吗,亲爱的?"

莉迪娅"咯咯"地笑了起来。

"为什么不呢?"她说,"妈妈应该把它挂在壁炉那面墙上。众所周知,父母离婚后,应该让孩子们尽可能多地见到他们的父亲才好。"

克里斯托弗忍不住大笑起来。娜塔丽却是一头雾水。

"这不好笑!"米兰达训斥道,"一点儿都不好笑!还有一件事,比所有这些事更过分!今天早上我才知道,我不得不容忍你们的爸爸在我自己家里装疯卖傻。"

几个人顿时陷入惊恐万状的沉默中。难道他们已经被识破了?难道米兰达已经发现了?

米兰达的确已经被气昏了头。

"这就对了!你们都惊呆了吧!他就是要站在这块地毯上,一丝不挂,丢人现眼!"

"我……他会这样吗?"

"是的,他会的。我想不出办法来阻止他。因为我蠢到家了,答应了胡波太太,美术学校放假期间,如果她家里碰巧有工人在装修,她就可以在我这里上写生课!"

道菲尔夫人先是一副大惊失色的样子,接着又十分肯定地说:"他们肯定还可以约到别的地方去上课的,亲爱的。"

米兰达怒气难平。

"你也是这样想的,对吧?可是那个美术班上的所有人,好像住的不是山洞就是大篷车,要不就是住在船屋里!"她撇着嘴,狠狠地补上一句,"也就是说,都是没有正经住处的人!"

丹尼尔万分后悔,在上周美术班征询哪位愿意提供自己的住处当作写生场地时,自己因为一时的吝啬而退缩了。他不应该跟他们说自己住在一艘船上。

"所以他们都要到这里来吗?"

"下星期二上午十点钟。"

道菲尔夫人那宽大的胸脯上下起伏着。她想要抓住这一番愈演愈烈的混乱中的唯一一线希望。

"那太好了,星期二我一般要到三点才过来,亲爱的,所以我不会在场看到这一幕的。"

"不,你会在的!"

"可是亲爱的,每周二上午我都另有安排呀。"

"道菲尔夫人,我就指望你了。"米兰达执意道,"那样一群人要待在我家里,总要有一个可信赖的人帮我看家吧?"

"可是,亲爱的,我不敢肯定我能不能……"

作为一名按时支付薪水的雇主,米兰达用她的坚决打断了这位雇工的推托。

"你肯定能,道菲尔夫人。从一开始我们双方就达成一致,在孩子们生病,或者有寄送物品要收取,或者学校的老师罢课等情况下,你也要来上工的。那一天家里必须有人!你不能撒手不管!"

道菲尔夫人还在搜肠刮肚地寻找一个足够充分又能被对方接受的理由,好让自己不必在屋子这边为人端茶递水的同时,又要在屋子那边赤条条地站着做模特儿。

"可是,亲爱的,我不太肯定自己能不能面对裸体……"

"我对此一点儿都不奇怪!"米兰达鄙夷地指着靠在书架上的那幅画说,"你看看,这简直在胡闹!太荒谬了!"

她收起那幅画。

"其实,我也忍不下去了。"米兰达宣布道,"我要把它扔进垃圾箱,它只配待在那里!"

她沿着走廊向大门外走去的路上,大家还能清楚地听到她补了一句:"他也一样!"

莉迪娅和克里斯托弗饶有兴趣地看着他们的父亲,想知道他打算如何把自己从窘境中解救出来。而他却心不在焉。听到米兰达的最后那句话,他的眼睛又眯成了一道缝。他缓缓地走向门口,从百褶裙一侧的兜里掏出一把想象中的弹弓,仔细地瞄准走廊尽头。直到确定前妻的身影已经完全处在自己的视野当中了,他便把想象中那把弹弓上的皮筋向后拉到头,然后将想象中的石头弹子发射了出去。

他转过身,发现三个孩子全都阴沉着脸看着他。

最后,还是他的大女儿打破了这令人紧张的沉默。

"不能在这里,爸爸!"莉迪娅斥责道,尽管语气十分平静,却带着属于她妈妈的那种坚定,"别在这里,这是她的家。请不要这样。"

"对不起!"他羞愧难当地对女儿说,"我很抱歉,莉迪娅。"

第七章　关于演戏、快乐的猪和开战

这一趟剧院之行，在丹尼尔看来，并没有达到最理想的效果。等他想起来要在路过剧院的时候顺道去买票时，仅剩的可售出的座位——如售票处的人用丧气的口吻所说——视野很受限。不过票价很便宜，再加上之前被米兰达轻蔑地讽刺他根本就买不着票的话所刺痛，于是丹尼尔便没管那么多，痛快地把票都买下来了。

不妙的是，四个座位不都挨在一起。有两个座位是在观众席右侧耸立的圆柱后面，另外两个座位在左侧的柱子后面。这么宝贵的机会却不能和三个孩子坐在一起，这令丹尼尔很恼火，而更令他恼火的是莉迪娅和克里斯托弗对此却毫不在意。他们兴高采烈地跑开，争论着谁的视力更好一些，还把剧院的节目单卷成纸筒，做了一连串的试验，随后选了一根柱子后的两个位置坐了下来。丹尼尔发现，幕布还没拉起,他们两个已经全神贯注地盯向前方了。

而他和娜塔丽就没这么轻松了,妨碍他们看向舞台的不仅仅是大理石柱子,还有一对顶着蓬蓬乱发的学生。无论是从他们旁边还是越过头顶,娜塔丽都看不见前面。当灯光照亮了舞台布景后,她在自己的长毛绒座椅上扭动着身子,抻长了脖子,想要看得更清楚一点儿。她屁股底下的椅子"嘎吱嘎吱"地响得很厉害。在来回挪动身子找位置的时候,丹尼尔发现他的椅子也响得很厉害。到了最后,在邻座的人越来越恶狠狠地瞪着他的目光下,丹尼尔只得贡献出自己的一条腿,让娜塔丽尽量安静地坐在上面。

娜塔丽用胳膊紧紧搂住他的脖子,把他勒得半死。演出开始了。不出一分钟,她已经把大拇指叼在了嘴里,眼皮也垂了下来,手指头无意识地缠绕着丹尼尔的头发。还没等剧情展开,娜塔丽已经睡熟了。丹尼尔有一半的心思是想把她叫醒的——票价是便宜,可也没便宜到这个地步——但最后,还是那慎重的另一半心思占了上风。娜塔丽睡在他怀里,重得要命,而且他真想要看几眼演出的话,就不得不痛苦地扭着脊柱来保持平衡。

这场剧,丹尼尔发觉,完全不适合带着孩子们一起观看。戏演到最后时,他在心里庆幸娜塔丽从头到尾一直没醒。戏里无休无止的争吵已经到了令人发疯的地步。这是两对夫妻的故事,一对婚姻幸福,另一对则很不幸,演绎出由宿怨、误解和恶意所构成的曲折情节。就

连幸福的那一对,在剧情走向的压力之下也变得十分暴躁。而不幸的那一对呢,幕布还没拉起来之前就开始互相抓挠对方的膝盖——确实找不到更好的表述方式了,等到了第一幕结尾的时候,他们已经在台上激烈地厮打起来了。

剧场里的灯光亮起来,丹尼尔朝观众席的另一侧偷眼望去。莉迪娅和克里斯托弗全神贯注地坐在座位上,眼睛还一直盯着幕布。过了好一会儿,两个人还都一动没动,这描绘婚姻生活中一地鸡毛的生动场面把他们彻底吸引住了。丹尼尔心里掠过一丝不安,他预感到,继续留下来把全剧看完将会是一个错误。

然而,娜塔丽还沉甸甸地睡在他怀里,让他在座位上动弹不得。他本以为莉迪娅和克里斯托弗会在幕间休息的时候过来,哪怕是为了磨着他买个冰激凌吃。可是他想错了。他们甚至都没有扭过头来看他一眼。两个人目不转睛地盯着幕布,好像担心第二幕会在他们没留神的时候随时开演。

中场休息很短暂,第二幕戏却很长。脊柱的扭痛一直折磨着丹尼尔。谩骂的"炮火"从舞台上密集地喷射过来,令他回想起婚后的那些日子,心情格外颓丧。每当他向莉迪娅和克里斯托弗那边望过去,总会看到那两张小脸屏息凝神的侧影。他不由得越来越焦虑,不知米兰达——在伍尔弗汉普顿工作了一天,火气已经很大了——对孩子们的爸爸搅乱了她神圣不可侵犯的周末时光,带孩子们来看这出戏,会

119

作何感想。

演出结束时,丹尼尔的左胳膊和左腿已经麻木到完全失去知觉。他挪动不了娜塔丽,自己也站不起来,只能坐在原地,直到莉迪娅和克里斯托弗来到他身边。

"太好看了!"克里斯托弗急促地喘着气,"简直神了!"

"神了",这是克里斯托弗使用过的最浮夸的赞美之词。丹尼尔很吃惊,他转向莉迪娅,问道:"那么,你觉得这部剧怎么样?"

"精彩!"和弟弟一样,莉迪娅也给出了慷慨的好评,"这是我看过的最棒的演出。"

克利斯托弗转过身,继续盯着垂下的幕布。

"我不明白,两个人那么恨对方,怎么还能手拉着手一起谢幕?刚刚说完了那么难听的话,她就能笑眯眯地看着他,我还以为她会把他的耳朵揪下来呢!"

失业演员丹尼尔感到心头一阵妒忌的剧痛。这对演员显然已经赢得了这两位观众的心。

"那只是表演。"他嘟囔着说。

"可是,另外那一对就容易多了。"克里斯托弗完全没留意他爸爸的话,"他们真心喜欢彼此,能看出来的。"

丹尼尔心烦意乱,忍不住反驳道:"你根本没看出来!表演就是表演,那是一份工作。这两对演员在真实的生活里面可能都是夫妻,在

戏里关系好的那一对可能彼此恨之入骨,在家里就会像吵架的那一对一样不和,而在戏里吵架的那一对在生活中反而可能是知心朋友。"

"得了吧,爸爸!"就连莉迪娅也表示出质疑,"那样我们能看出来的。"

观众席此时已经空荡荡的了。引座员在一行行座位中间巡视,检查有没有丢弃的雨伞或者落下的提包。丹尼尔让娜塔丽顺着他的腿滑下来站在地上,在她醒来的时候扶着她站稳。

"那只是演戏。"他重复道,"如果你是个演员,那就要表演。你学的就是这个,挣的也是这份钱。你不用去想什么是对什么是错,你只需要演好自己的角色,仅此而已。"

莉迪娅和克利斯托弗谁都没搭腔,两个人都知道他们戳到了父亲心里的痛处。莉迪娅拉起妹妹的手向外走,娜塔丽还困得很,摇摇晃晃地跟着姐姐走上过道。

丹尼尔心中酸楚地跟在孩子们后面离开剧场,走进下午灿烂的阳光下。

"实在太棒了!"克里斯托弗又说了一遍,他抬头看了看天,"现在就该回家了吗?"

对孩子们来说,只有米兰达的住处才意味着"家",丹尼尔一向对此深恶痛绝,加上此刻又心烦到了一定程度,他觉得自己应该采取些

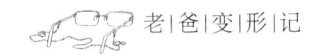

行动。

"回家。"他说,"没错,回家喽!"

孩子们围在一起准备过马路,然后搭公交车回斯普林格大街。本来只要带着他们沿人行道再走几步,到一个安全的位置过马路就可以了,可是丹尼尔却赶着他们到了开往他自己住处的公交车车站。看到一辆车正好停靠在路边,他便跳了上去。

"上来吧!"他站在车上,装出一副毫无心机的样子怂恿他们,"坐这辆车回家!"

所有公交车在娜塔丽看来都是一个样子,她上了车。克里斯托弗想到爸爸毕竟招待了他们一场,为了不伤害他的感情,他稍稍迟疑了一下后,跟在娜塔丽后面上了车。莉迪娅拂去一脸的难色,也跟了上去。

这一趟车程并不怎么愉快。娜塔丽睡了一觉以后还有点儿起床气,而另外两个孩子心中始终惴惴不安。莉迪娅试图回忆伍尔弗汉普顿到底在什么位置,这样她就可以计算出妈妈会在几点到家。克里斯托弗则想象着丹尼尔最终把他们送回家时的画面。那场景肯定就同第三幕戏里演的一模一样,他沮丧地想。

这个念头一直清晰地盘桓在克里斯托弗的脑海里,直到丹尼尔打开公寓的门,让娜塔丽从他的腿缝里钻过去奔向电视,抓紧最后几分钟的时间看她最喜欢的卡通片,克里斯托弗才站在门厅里,对父亲

说道:"就像你说的,如果只是演戏,而你又是个演员,那你肯定在家里也能表演成开心的样子。"

莉迪娅停下走向客厅的脚步,退回来听着,并关上了他们三个人和娜塔丽之间的那道门。

"是不是呀?"克里斯托弗逼问父亲。

"是吧,我应该可以吧。"丹尼尔不动声色地回答。

他作势要走向厨房,但克里斯托弗并没有让步。

"假如你那样做了,就不会有那么多可怕的争吵,你就用不着收拾东西离开家了。"

"可能吧。"丹尼尔承认。

"何况在那个时候,你甚至都没有一份固定的演戏的工作,对不对?"

"没有。"丹尼尔有点儿生气了。

可是克里斯托弗好像故意无视了所有危险的信号,继续不依不饶。

"所以你根本就不是整天都忙着演戏……"

"整晚。"莉迪娅纠正弟弟,"真正的演员在晚上演出,通常都是这样的。"

她原本是想把话题从危险的地方引开,却不小心用了"真正的演员"这个说法。她的心猛然往下一沉,意识到父亲先前在剧院里就被

123

引发的妒忌之痛又生生被她激怒起来了。

然而,克里斯托弗只顾着解开自己的疑虑,对父亲的神色完全没有留意。

"所以你每天晚上根本就不是因为演戏而累得要命,你完全可以在没事的时候多演一点点的。"

"也许是的。"

这语气听起来已经很恐怖了,但克里斯托弗还是没有注意到。

"应该也没有那么难做到的,是不是?你自己说过的,那只是份工作,你不用去想什么是对什么是错。'只需要演好自己的角色',你是这么说的。"

"没错,我是这么说的。"

丹尼尔眯起了眼睛,浑身散发出阴沉紧张的气息,这让莉迪娅联想起父亲和母亲之间的每次争吵与冲突。

"可是你在家里并没有这样做。"

"没有,我没这样做。"

"克里斯托弗……"莉迪娅发出警告。但克里斯托弗没听进去。

"如果你当时不嫌麻烦,在家里也能多演一点点,"他还在一字一句地说,"那你可能就不用离开家,你们可能就不用分手,不用离婚,我们一家人就还能团团圆圆地在一起。"

"可能!"丹尼尔厉声喊道,他压不住火气了,"很可能我现在会被

关在一间囚牢里,每天冲着墙狂叫!"

"为什么?"克里斯托弗佯装无辜地问道,样子和半小时前丹尼尔招呼他上公交车时一样,"说到底,演戏只是一份工作。这是你自己说的。"

丹尼尔紧紧攥住儿子的衣领,把他向后推去,顶在墙上。

"就因为……"他大吼道,"你这傻小子,你心里明白!就因为工作只是工作,但生活可是真实的!"

克里斯托弗屏住呼吸,吓得一动也不敢动。一旁的莉迪娅看着这一幕,感觉时间仿佛凝固了一般,直到父亲慢慢松开卡住克里斯托弗脖子的手指,放开对方,然后把双手深深地插进衣袋里,好像生怕自己再对儿子动粗。

克里斯托弗被吓得不轻,他想挽回这个局面。"对不起。"他说,"我不是那个意思,真的不是。"

"哦,你就是那个意思,你这胆小鬼!"丹尼尔驳回了这卑躬屈膝的道歉。

"你觉得我就应该待在那座该死的房子里,一天天、一周周、一年年,和你们的妈妈一起生活在扼杀灵魂的谎言里,只要装作这是一份没有收入的演戏的工作!"

"为什么不行呢?"

出乎他意料,这次是莉迪娅问的。

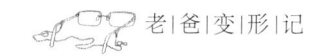

丹尼尔瞪着她:"为什么不行?"

"对呀,为什么不行呢?你还有我们,你有责任坚持下去。不能因为你下定决心不和你的妻子一起生活,就放弃了当一个父亲!"

这下,丹尼尔简直气得要发狂了。

"你竟敢这样说?"他大喊道,"竟敢这样?!我从来没有,一刻也没有放弃过做你们的父亲!不管晴天雨天,我都在,不是吗?!我困在这个沉闷无聊的城市里,没有工作也没有前途,就为了离你们三个近一些,就为了每周能见你们几次,继续做你们倒霉的父亲!我可以到伦敦去,你们知道的!那里有不止一家剧院!我可以在那里找到工作!可是我没走,我留在这里,无聊又孤独地留在这里!永远别再说我没有坚持做你们的父亲,莉迪娅!我已经竭尽全力去做一个最好的父亲了!"他最后一句话饱浸苦涩的滋味:"不管怎样,在被允许的情况下,我尽全力了……"

莉迪娅能感觉到,父亲的怒气不再是冲着自己来的。可她还是想把事情弄明白。

"可是为什么要离开家呢?你自己也说你又孤独又无聊。怎么就不能当作是演戏,就像克里斯托弗说的那样呢?"

丹尼尔撕扯着自己的头发。

"因为我是个大活人,就这么简单!看着我!我是真实的人,我吃饭,喘气,能思考,会感受。生命只有一次,我想好好活着,而不是为了

躲避麻烦就扮演成另一个人。我又不是一头快乐的猪!"

然而,莉迪娅可不会被快乐的猪这种无关紧要的说法给搪塞过去。

"谁提什么快乐的猪了?再说,这和快乐的猪有什么关系呀?"

听到这么奇怪的一个词,克里斯托弗在紧张中傻笑了一声。他仍然在战栗,但还是没忍住笑。丹尼尔猛地转过身,恰好看到儿子脸上因为他的动作而陡增的惊恐之色。丹尼尔心中一震:作为一名父亲,凭借成年人显著的体格优势,弹指之间就能够让一个男孩子勇气尽失。他向儿子伸出了手,想要修复自己和孩子们之间的裂痕,和他们重归于好。

他一手搂着一个孩子,领着他们穿过房门来到客厅。娜塔丽正弓着身子坐在电视前,看样子好像对正在播放的保龄球比赛的精彩片段着了迷。

轻轻地,丹尼尔把她堵在耳朵上的手指拿了下来。

"胜利了,娜宝。"他安抚她道。

就算隔着关闭的门,刚才这场争吵听起来还是很激烈。所以,娜塔丽仍然怀疑地看着丹尼尔。

"不再生克里斯托弗的气了?"

"不再生克里斯托弗的气了。"

"也不再大喊什么快乐的猪了?"

"不了,不再喊什么快乐的猪了。"

"可是快乐的猪到底是怎么回事呀?"莉迪娅问道。

丹尼尔试着解释道:"就是说,某种东西非常重要,人们愿意为了它而受苦。有的人对想要的生活就是这样想的。'宁可做一个永不满足的诗人,'一位大哲学家这样说过,'胜过做一头快乐的猪。'"

孩子们琢磨着这句话。

"我觉得我宁可做诗人……"莉迪娅想了一会儿后说道。

"我也是。"克里斯托弗勉强附和道。

"我愿意当猪。"娜塔丽说,"我肯定要当猪,我喜欢猪,而且你说那是快乐的猪。"

"可是有的人快乐不起来。除非他们能过上真实的生活,"丹尼尔说,"而不只是一场演出来的戏,用来规避争吵和麻烦。我就是这样的人。与其靠演戏度日,过风平浪静的生活,我宁愿选择不演不装,就算这样会给我带来更大的麻烦。"

"就算给别人也带来麻烦?"娜塔丽问。

看来,他的确给这个最小的孩子带来了麻烦。当她坐在这里用手指堵住耳朵的时候,心里是怎么想的呢?

"对不起!"他对娜塔丽,也对三个孩子同时说,"我真的非常非常对不起你们!"

娜塔丽叹了口气。

"没关系的。"她安慰丹尼尔,"没那么糟糕。"

"是呀。"克里斯托弗也跟着大度地说,"没那么糟糕。"

"莉迪娅呢?"

莉迪娅觉得,一个父亲不应该用这种方法来获取孩子们的宽恕。但她确实也累了。事情都已经过去了。为了保持和平,她赞同道:"是的,并没有那么糟糕。"

"可我……还是很对不起你们……"

"没事的,真的。"

"是呀。"

"不过……"

"不过什么?"

"没什么。"

"到底是什么?"丹尼尔有些不快,"你有话就说,到底想说什么?"

莉迪娅望向天花板,像是在寻求帮助。

"我就是想说,既然大家要一同分担所有的困难,那我们三个或许也不应该在我们的生活里演戏。"

"演戏?你们三个?怎么会?"

莉迪娅耸了耸肩。

"道菲尔夫人……"

"道菲尔夫人?"

"是的,道菲尔夫人。"在他误解之前,莉迪娅忙不迭地开始解释,"哦,我知道你是为了我们才这样做的,这个我们没有忘记。可这样做是不对的。"她手指都绷紧了,努力搜索着恰当的语句来让他明白:"你看,对你来说是没问题的,这就像是一个游戏。可你每天晚上六点五十就回家了,然后整个晚上加上第二天见到你之前的时间里,你都可以做你自己。而我们却不得不留在那里。"

"这很困难吗?"

"不仅仅是困难。"莉迪娅告诉他,"这几乎是不可能做到的。"她意味深长地用手指戳了一下娜塔丽:"有的人,甚至都放弃努力了。而且,除此之外,这样做根本就不值得!毕竟你又不是真的道菲尔夫人,那和我们在这里跟你见面或者正常地和你在一起是完全不一样的。你不能是爸爸,也就是说,你费了那么大力气去买服装、戴头巾,为了我们而演戏,根本没有意义。"

丹尼尔似乎想打断她,不知怎么又改变了主意。

莉迪娅接着说道:"以前我想不通到底是哪里不对。我觉得这样不对,但我说不出来为什么。很有可能还是你的那个问题,要不要做快乐的猪。既然道菲尔夫人不是真实的你,那她的存在就没有什么价值。"

"我的感觉是,"克里斯托弗脱口而出,"我也觉得跟你见面的时间并没有变得更多。"他耸了耸肩。"其实,我更愿意在这里见到你,就

算这里到处都是你的……"他本来想说"杂物",出于礼貌,他换了个词,"你的东西。"

"你们还是照样来呀!"丹尼尔指出这一点,"你们现在就在我这里呢,不是吗?"

克里斯托弗的神经又绷紧起来。

"是的。"他说,"而且我们该回去了。"

"我确定伍尔弗汉普顿离这里很近,真的很近!"莉迪娅说。

娜塔丽的脸色也变了。

"妈妈正在等着我们吗?"她焦急地问。

她的话音刚落,电话铃就响起来了。

丹尼尔在鼻子里"哼"了一声。

"等着?你们的妈妈可做不到耐心地等候。看吧!她又要发令了,要你们'回家'。"

他站起身。

"我去接电话。"他对孩子们说,"让你们看看在任何剧院都看不到的最好的演技。"他走出客厅,用脚后跟撑住门,拉长电话线把电话机拿回屋里,然后才拿起听筒。

孩子们听着他在电话这一端的应答,不需费力就可以想象出电话那端的情形。

"很高兴你打来电话,米宝。好惊喜呀!我以为你还堵在从伍尔弗汉普顿回来的路上呢……什么?已经七点钟了吗?不会吧!天哪,可不是吗……要他们马上回去?那当然了。按计划,怎么说这也是属于你的周末……不会的,这次我不会忘了让他们带上外套的,当然……是的,我完全理解。你今天已经开了几个小时的车,不想马上再拖着身子出门……是呀,我当然知道我靠做人体模特儿挣的钱买不起车,这并不是你的错。可是我不太明白……什么?你叫了辆出租车到这里来接他们?你觉得车费应该由我来付?这样啊,既然你提到了钱,确实不多,在我买了那些戏票之后……是呀,也许我应该早点儿想到,可是我没有。什么?什么不值?你听胡波太太说什么了?能想到的最不适合带孩子们去看的戏?她是这么说的吗?哦,我的天……对不起,米兰达……你说得对,米兰达……好的,米兰达……对不起,米兰达……好的,再见,米兰达……"

他把听筒递给莉迪娅,有气无力地说:"给,你妈妈要和你说句话。"

莉迪娅接过听筒。丹尼尔一边在屋子里来回转着圈,嘴里一边念叨着:"是的,米兰达……我同意,米兰达……那当然,米兰达……你说得很对,米兰达……把三个书包装满,米兰达……哦,我可真是头快乐的猪呀,米兰达……"

而米兰达和莉迪娅的通话,起码一半的时间里说的是对丹尼尔说的差不多的话。

"对,妈妈……没有,妈妈……好的,我们会注意看着窗外……不会的,我不会让他把我们的外套给忘了的……好的,我会告诉他的……不会的,我保证让他记住……不会的,妈妈……好的,妈妈……那部剧,其实,我还挺喜欢的。再见,妈妈,一会儿见。"

丹尼尔简直气坏了。

"还挺喜欢的?还挺喜欢的?'精彩',你刚才是这样说的!你说这是你看过的最棒的演出!"

克里斯托弗龇着牙乐了。

"莉迪娅可能继承了你的表演天赋。"

莉迪娅思索着。

"确实是的。"她说,"这不能算是一次真心的通话,对吧?并没比爸爸接电话的时候好多少。"

"往好的一面看呗。"克里斯托弗说,"你做到了。"

"像头小猪一样快乐。"娜塔丽笑着说。

只有莉迪娅笑不出来。

"我们可以都停下来的。"

"停下来?"

"停下什么?"

"演戏。做快乐的猪。我们都应该说自己真心想说的话。"

"如果每个人都这样做,"丹尼尔警告她,"这个世界就会变成一个狗熊乐园。"

"会吗？"

娜塔丽对此心驰神往。当出租车到了门口的时候，她还抱着双膝，坐在那里想象着狗熊乐园的样子。

丹尼尔把他仅剩的几英镑塞到莉迪娅的手中。

"下周我把找的零钱给你带回来。"她保证道。

"周一咱们就见面了。"丹尼尔提醒她。

"噢，对呀！是的！"

她跟在弟弟妹妹身后跑下楼梯。丹尼尔走到窗前，一把推开窗户。克里斯托弗和娜塔丽刚刚钻进出租车。

丹尼尔对楼下的莉迪娅喊道："你知道吗？如果你是当真的，如果我们都不再演戏了，再也不做快乐的猪了，那么道菲尔夫人就该提交她的辞呈了！"

莉迪娅在车里十分开心地朝他挥着手："我们会想出别的办法和你多见面的！"

"只有一个办法。"丹尼尔提示道。

"是什么？"

"周一告诉你！"丹尼尔喊道。

出租车开动了，丹尼尔打开面前的一个想象中的仪表盘，按下那三个想象中的属于最高机密的密码，等待着想象中的发射筒开启。

"开战。"他轻声说道,"全面开战。"

接下来,他看着那些想象中的弹头向着斯普林格大街,向着天边飞去。

第八章　真有意思,妈妈也总是这么说

周一,在开往斯普林格大街的公交车上,丹尼尔全程都在欣赏道菲尔夫人的这封辞呈。那些浅粉色的信纸是他从一个抽屉的最深处找到的,是娜塔丽在几年前的圣诞节送给他的。信纸用花花绿绿的三色堇图案镶边,尽管从植物学角度来说画得并不够严谨。信纸上写满了他练习了一整晚的那种打着弯、绕着圈的古体花字,用来展现他刻意为之的、同样弯弯绕绕的古体文句:

　　依据双方口头协议,解约需提前两周告知……基于令人遗憾、不可预见且全然不可避免之缘故……本人自周五起将终止受雇于您……坦言之,与您纯真可爱的子女相处使人颇感畅怀……斗胆建议,若令其与其父略多相聚,或将大有裨益……提前结束此番互惠合作,

确实突兀,惟盼不致令您劳烦……谨致最诚挚的问候……

接着,是丹尼尔用精心设计的、最花哨的字体来写就的,让他尤为得意的一款签名:

你最最亲爱的

道菲尔夫人

是的!毋庸置疑,这是一封绝妙的辞呈:感性,坚定,且耐人寻味。丹尼尔叠好信纸,放回印满三色堇图案的信封里,下了公交车。他知道,一旦那几个孩子看到这封信,就会闹着追问道菲尔夫人的中间名是什么。这让他很纠结。叫达芙妮?黛德丽?还是索性简单点,就叫个最俗气的多洛丽斯?选择起来太困难了……就在他认真思索的时候,离站的汽车猛地排出一股气流,把他绕在脖子上的羽毛围巾吹得飞舞起来。丹尼尔转身捞回飘动的围巾尾梢,不觉间已经走过邻家的花园,却没顾上像平时那样细心观察。这真是大错特错,因为正当他走向米兰达家的花园小路时,胡波太太突然扑了过来。

那张红通通的圆脸,裹在一团乱蓬蓬的灰色鬈发当中,毫无征兆地从篱笆墙上冒了出来。

"噢,道菲尔夫人!你快瞧瞧!瞧瞧它们!我该怎么办呀?"

丹尼尔被迫停下了脚步,他把道菲尔夫人的辞呈放进口袋,提起裙摆,一步一步小心地穿过泥泞的花圃,走到胡波太太跟前。她正指着自己花园里的一个地方叫道:"噢,道菲尔夫人,你快看看这是怎么了?"

丹尼尔抬眼看过去,搞不懂胡波太太特意询问的究竟是哪一类园艺灾害,而且,说实话,丹尼尔也并不怎么关心。他内心深处已经对这个老邻居积蓄起了深深的怨恨。最近这段时间里,她给丹尼尔招来了不少麻烦:首先是那幅水平低劣又侮辱性极强的画像,他决不会轻易原谅;其次是美术课可怕的混乱安排,他还没想清楚明天上午自己该如何分身变成两个人;而最为可恶的是她还没来由地强加给米兰达一个概念,说他选择的戏剧不适宜孩子们观看!可他们看得很开心哪!

他走上前去,在一阵疾风中整了整自己的头巾。

"是不是我无意中看到的溃疡呀,在你的杏花上?"他轻声说。

"溃疡?我的杏花上?"胡波太太神色紧张,"没有,我觉得不是。"

"我也没说'就是'。"道菲尔夫人安慰她道,"只不过提醒你'可能是',看起来'好像是'。再说了,常常都是你觉得看着挺旺盛,可其实早就有了其他的植物病害呢……"

"其他的病害?"

丹尼尔满意地看到胡波太太的脸红得更厉害了些,说话的口吻

间也少了几分信赖与好邻居之间的亲热。他准确抓住了这个时机。

"哎呀……是呀,亲爱的,我可不是什么专家……"道菲尔夫人那谦逊自嘲的态度是为了让胡波太太认识到她的确是专家。她耸耸肩,把羽毛围巾搭向身后,让它顺着后背随意地垂落在桂竹香花丛上方:"不过其他邻居都已经提到过很多次了,大家隔着篱笆墙头,聊起过你那些小麻烦……"

"小麻烦?"

此刻,胡波太太的脸已经变得通红通红的了。

"啊,也没那么严重!一点儿都不严重!"想到病害的严重性,道菲尔夫人轻笑了一声,"亲爱的,也就是你的蜀葵长了锈斑,甘蓝得了根肿病,醋栗长了霉菌,玫瑰也正在被冠瘿病摧残……"

胡波太太的脸已经变成了火鸡下巴上的肉垂那样的鲜红色。她气坏了,气得说不出话来。

"没什么大不了的。"道菲尔夫人安抚道,"真的没什么,即使我听费尔威先生也说起过一两次,去年你的马铃薯得了非常严重的黑胫病……"

"他这是锅底还嫌茶壶黑!"胡波太太在暴怒之下又能开口说话了,"这条街上的所有人都知道费尔威先生的胡萝卜长了飞蝇!"

然而此时,道菲尔夫人已经小心翼翼地迈着步子,从泥泞的花圃返回到了石板路上。

"是吗,亲爱的?"她回过身,含糊地应了一句,"那我得说我还真没发现。"在走进门廊之前,她抖了抖裙子上沾的泥土:"不过,既然你提到这个,我确实听说他的腿得了风湿……"

她丢下暴跳如雷的胡波太太,一闪身进了屋。

丹尼尔原本打算把辞呈放在客厅桌子上的花瓶前,却不料那里已经放了一封信。信是和几张十英镑的钞票夹在一起的,所以丹尼尔打开读了。从字迹来看,很显然,米兰达是在手忙脚乱之中写下来的。

他大声念道:"请腾出些时间,如果可能的话,给娜塔丽买条背带裤——要结实的,能机洗,尺码留够她长高的空间,而且,不要白色的。谢谢。米兰达。"

"不要白色的"这几个字下面加画了四条线。

"好像很通情达理呀!"他对着一盆吊兰说,"买一条背带裤,应该不是多麻烦的事。"

娜塔丽从学校回来之前,他一派自在悠闲:在房前屋后转悠着给花草浇水——对他来说,现在这更像是他的园子而不是米兰达的;打电话给几家演艺经纪公司,盼着能找到空缺的角色;摘下羽毛围巾和头巾,然后翘起椅子腿,把脚搭在厨房桌子上,一边喝着咖啡,一边跟海蒂聊着天儿,想哄它提起些精神来。

这只鹩哥看起来相当无精打采。它木呆呆地蹲在笼子一角,以一

个奇怪又很不舒服的姿势扭着脑袋,就连丹尼尔对它吹口哨儿,它都不会眨一下眼。笼子里到处都是它脱落下来的细小的灰色羽毛,它身上的新羽看上去也毫无生气。这说明一直胖嘟嘟的、光鲜亮丽的海蒂此时的身心状态已经很差了。它只是偶尔叫两声,声音微弱且哀婉,那小小的身子时不时地还会一阵战栗。

丹尼尔努力想回忆起它到底几岁了。是克里斯托弗,他想起来了,是克里斯托弗在一个夏天把海蒂从宠物店带回家的,那之后就是导致丹尼尔和米兰达分手的最后一连串大战。丹尼尔很清楚地记得,在一次充满了挫败感的争吵中,他把一个茶壶摔到了厨房的墙上,然后目睹海蒂被冰凉的茶浇了一身。往少说,它现在也快有四岁了,对一只鹌鹑而言也算是上年纪了,而且没人知道克里斯托弗买下它的时候它有多大了。

看着这个可怜的小东西有气无力地缩在笼子一角,丹尼尔想,如果这样计算的话,怎么说它也是相当高龄了。既然无药可医,只能靠维持,他就尽量做一点儿力所能及的事,让海蒂稍微舒服一些。他先把烤炉温度调到"文火烘蛋白饼"的度数,把海蒂的笼子挪近炉边,给它保暖,又把它的水碗擦洗得光洁如新,重新换了水,推到离它更近的位置。然后,他从米兰达的蔬菜架子上摘了几片蔬菜嫩叶,切成小片,摆在海蒂的身边。可海蒂依旧一点儿兴致也没有。丹尼尔正看着它发愁,外面突然传来拍门的声音,着实把他吓了一跳。

丹尼尔扑向他的头巾和羽毛围巾。难道已经三点一刻了?肯定没到呀!但确实是娜塔丽回来了,她推开厨房门时,丹尼尔还在慌里慌张地拉扯着头顶上那层层裹起的金色头巾。

"老天爷!你提早放学了,亲爱的!"

慌忙之中,他扯动的力道过猛,把用来固定那重重叠叠的俗艳布料的小狗别针都掰折了。头巾松开了,一层又一层金色的绒布从他的脸上和肩膀上披散下来,挡住了眼睛,也让他喘不过气来。

"啊,去它……它掉了!"丹尼尔骂了一句,绝望地抓挠着这乱糟糟的一团。

不等他把自己彻底解脱出来,娜塔丽就把一样东西塞到了他的手中。

"读一下,爸爸!"她骄傲地命令道。

丹尼尔脖子上狼狈地缠绕着一圈圈金色的头巾布,这种情形下,他似乎也没有什么理由继续扮演道菲尔夫人了。于是,他用自己的嗓音念了出来:

> 谨以此函告知凯文中区全体在校生家长,昨日联合工会紧急决议召起罢工,需做出相应安排。

"天哪,怎么又来了!"

"不是那一面。"娜塔丽抱怨道,"那是旧的通知,你看另外一面!"

丹尼尔把纸翻过来,重新读。他先读了标题,那是用很粗的笔费力写出的大大的铅笔字。

束胃

"刺猬!"娜塔丽纠正他,有点儿受到了伤害。

"对不起。刺猬。"他接着读。

我在小路上跟着一只特别臭的束胃,它打了个阿切。

他把那张纸放下来,看着娜塔丽。"打喷嚏?真的吗?一只刺猬?"娜塔丽点点头。

"它不停地打喷嚏。"她发愁地回答,"就在小路上。"

丹尼尔被小女儿逗乐了,他把小家伙一把抱起来。"不错,不错!"他说,"你还真是个博物学家呀,对不对?"

"接着念呀!"娜塔丽坚持道,在他怀里扭动着。她开始有点儿不耐烦了。

丹尼尔把她放下,接着读。

科特斯小姐说密西西比河里没有束胃。

他挑了一下眉毛:"你怎么知道?"

"我问她了。"

"可是为什么偏偏问这个呢,密西西比河?"

娜塔丽叹了口气。

"除了书里的明镜河,我只知道这一条河。我们在学校还老唱一首关于密西西比河的歌。"

丹尼尔摇了摇头表示惊讶,又接着读下去。

束胃身上有跳蚤。我们家里没有养。不过我们养了一只龟。

写到这里,关于刺猬的这篇作文就很突兀地结束了。

"写到这儿的时候,下课铃响了。"娜塔丽解释说,"我还举着手呢。"

"举手?"

"想问鹌鹑的事。"

"想知道怎么写这两个字?还是想知道密西西比河有没有鹌鹑?"

娜塔丽没接话。丹尼尔把纸又翻过来,看了看关于罢工紧急决议

的通知。重新读过这一遍后,他发现自己对此还是有共鸣的。

"背带裤。"他低下头对娜塔丽说,"我们得去给你买条背带裤。"

"我的袜子湿了。"

"快跑上楼去把它们换掉,娜塔丽!"

她蹦蹦跳跳地上了楼。他听着楼板一路被踩得"咚咚"响,看着天花板在她跳过楼梯间的时候颤动起来,接着又听到从头顶传来一声骇人的闷响,连灯座都被震得嘎吱作响。然后,一切都安静了下来。他知道娜塔丽此刻应该正乖乖地坐在衣柜前,找洗净烘干了的袜子。

说不清是出于什么原因,丹尼尔发现自己开始琢磨米兰达的浴室柜里会不会有一些阿司匹林。

拍门的声音又一次响起。这回是克里斯托弗和莉迪娅回来了。

"有什么吃的?"

"我都快饿死了!"

莉迪娅把书包扔在地上,丹尼尔匆匆走过时被绊了一下。

"把书包捡起来,莉迪娅!"

莉迪娅朝他做了个鬼脸。

"对!不!起!"她唱道,"你的头巾怎么了?看起来真好笑。"

丹尼尔没理女儿,他把书架上的食谱搜索了一遍,想从中找出点新花样。实话实说,他对下厨已经彻底厌恶了。这曾经是一种乐趣——每次孩子们来和他相聚就做点好吃的,让他们开心——现在却只不过是每天例行的苦差,变成了一件令人讨厌的事情。到了如今这个地步,他甚至会在做饭时冒出极其恶毒的念头:如果再让他做一次夹馅面包,不管给谁,他都会把大蒜换成拉肚子的药!

他从架子上堆放的书里抽出一本,从新婚的那段日子往后,很多年他都没碰过这本书了。书名叫作《阿方斯·拉玛克美食菜谱》,或许他能在这里找到点什么省时简便的。必须要省时,他和娜塔丽还要去买背带裤呢;同时也必须要简便,因为那些切切切、擦擦擦、磨磨磨和煎煎煎……已经使他在濒临崩溃的边缘。

翻开《阿方斯·拉玛克美食菜谱》第四篇:汤羹类。"处理鱼肉的方法。"丹尼尔念道,"将鱼放在桌面上,让它的头垂向一侧……"他的目光迅速扫过文字,匆匆掠过描述如何将鱼切块、腌制、炖汤的那几部分。

他合上了书。

"奶酪吐司怎么样?"他建议道。

"啊?又吃这个!"

"一天到晚总吃奶酪吐司。"

"有我爱吃的那种奶酪吗?要是没有,那我可不想吃什么奶酪吐司了,谢谢!"

丹尼尔瞪着他们俩。

"真想知道阿方斯·拉玛克能不能受得了这个!"

"谁？"

"受得了什么？"

"没什么。没有谁。"丹尼尔发觉自己又一次想去找阿司匹林了，"你们俩先安静地做会儿功课不好吗？"

"我没法儿安静。"莉迪娅炫耀地说，"我要练习吹双簧管！"

克里斯托弗把书包里杂七杂八的东西都摊到桌上，从中翻找着他的地理书，而莉迪娅把整整一橱柜的东西都翻腾出来丢在地上，找她的双簧管。

丹尼尔把手伸向小小的储藏间的最高一层架子，握住两罐番茄汤罐头。他有种挫败感，还有点儿内疚。他略带羞愧地想起，刚刚来为米兰达工作的那一天，当他发现了藏在角落里的那些罐头食品时，心中还暗暗反对，并且深信自己绝对不会沦落到这般田地，给孩子们吃这么没有创意的饭菜。

克里斯托弗拿起一支钢笔。对他来说，写作业这种事从来不需要他动太多脑筋。父亲就在眼前，于是他问道："我们英国的大部分能源都是怎么消耗掉的？"

"热能的损耗。"丹尼尔不假思索地回复，"英国的房屋使用的隔热材料都很劣质。"

克里斯托弗飞速地写着。他很清楚什么信息是对他有用的。

"哪些国家的房屋隔热材料好呢？"

"挪威。"丹尼尔指出,"挪威人的房子在隔热方面是最完善的。在屋里划着一根火柴,整栋房子都会沸腾起来。"

"放个屁,就能掀起一阵热浪。"

"克里斯托弗!"

"对不起。"

克里斯托弗刚偃旗息鼓。莉迪娅又登场了。

"我弄不清楚音调符号。"她抱怨道。

"练习就行了。"丹尼尔指挥她。

莉迪娅急了。

"弄不清调号我怎么练习呀?我不知道该吹哪个音符,明白吗?所以我就没法儿练。"

"音符都摆在那里。"丹尼尔暴躁地指着乐谱,"就按照它们练,怎么不行?"

"行!"莉迪娅爆发了,"能练!只要你告诉我哪些是升调哪些是降调,我就练下去!"

丹尼尔赶忙撤回炉台旁。"这个问我没用。"他一边为自己辩解,一边狠命地搅动着锅里的食物,"在我看来,所有的乐谱都像是长在高速路边上的水仙花,茂密一点儿或稀疏一点儿。对一个普普通通的初级演奏者来说,不过都是水仙花罢了。"

这时,莉迪娅把双簧管突然吹出了一声惊天巨响。丹尼尔的魂儿

都要被吓飞了,手里的勺子从汤锅中飞了出去,道菲尔夫人的连衣裙上溅满了橘红色的汤汁。

"莉迪娅!走开!到别处去练!"莉迪娅溜溜达达地走了出去,继续把双簧管吹出刺耳的声音。

丹尼尔刚要享一会儿清净,克里斯托弗又在搞破坏。他又往桌上倒了一堆乱七八糟的东西,这回是在找数学课本。

"为什么我们非得学分数啊?"他发着牢骚。

"分数很有用。"丹尼尔对儿子说,"没有人能在生活中得到他想要的全部。"

他站在炉台边,搅动着锅里的汤,思忖着自己身上那些不怎么完美的地方。与此同时,烤炉旁突然传来一声轻轻的、虚弱的"吱吱"叫。

克里斯托弗吃惊地从作业本上方抬起头。

"是海蒂在叫吗?"

他转头看向平时放鸟笼的那个托架。

"它在哪儿?你把笼子放哪儿了?"

"在这里。"

丹尼尔用脚碰了碰海蒂的笼子。

"为什么给它换地方?"

"你自己看。"

克里斯托弗走过来,透过鸟笼栏杆查看他的宠物。

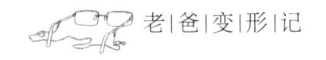

"它的样子有点儿奇怪。"

丹尼尔谨慎地挑起关于海蒂状况的话题。

"我觉得它情况不太好。"

"可怜的海蒂。也许它想要个伴儿。也许它应该生个小宝宝。"

"它年纪这么大了,生不了宝宝了……"

"不管怎样,我们需要给它再找一只鹌鹑来。"

"恐怕这些对它来说都晚了,克里斯托弗。"

丹尼尔还想试着说得更明白一些,但他的儿子却把他话语里隐含的那层意思坚决地屏蔽掉了。

"这样它作为一只鹌鹑就圆满了!"克里斯托弗微笑着敲了敲鸟笼子的栏杆,"如果海蒂不介意这个说法的话。"

"克里斯托弗……"

可他的儿子还是拒绝听他要说的话。

"你想生几个小宝宝的,对不对,海蒂?"克里斯托弗低声说道。

在这固执的坚持面前,丹尼尔的耐心溃败了。权当眼前这只鹌鹑是急于做妈妈,而不是奄奄一息吧!

"可惜现在不是繁殖的季节。"他高声地挖苦道,"不然我可以给你带点木屑来的!"

他关好汤锅下的煤气炉,一溜烟地跑上楼去看娜塔丽在磨蹭什么。

娜塔丽还坐在她的衣柜前,一副茫然无措的样子。她周围摊了一地的袜子。

"看在老天的分上,娜塔丽!你要花多久才能换上一双干净袜子呀?"

"我没有成对的袜子。"娜塔丽皱着眉头说道。

"别胡闹了!"

"你看嘛!"她回嘴道,"我怎么也找不出两只一样的来。"

丹尼尔气急败坏地在地上的那一大堆袜子里翻找着。让他恼火的是,娜塔丽是对的。袜子的确多得是,可惜没有一对能成双。

"好吧,另外那些袜子在哪儿?"他逼问道。

"在你住的地方。"娜塔丽说。

"噢,天哪!"

他恨得牙痒痒,伸手扎进袜子堆里拎出两只——一只蓝色及膝长筒袜,一只绿色短袜。

"给!就穿这个吧!我们该走了,娜塔丽!已经四点半了。"

"咱们可以明天再去买。"

丹尼尔想了一下。明天?他此刻就已经知道,明天将会是彻头彻尾的可怕的一天。

"现在就去。我们有整整两个小时。"

在事后的回想中,丹尼尔想破了脑壳都没弄明白,那整整两个小时到底去哪儿了。他们确实去了几家商店。第一家根本就没有背带裤,第二家只有白色的,第三家倒是有红色、蓝色和苹果绿色的背带裤,可是标签上都写着"注意,不能机洗"。丹尼尔心中牢记着米兰达明确提出的那些要求,尽管娜塔丽心有不舍而且愤愤不平,丹尼尔也只得硬生生地拖着她离开。第四家商店有可以机洗的灰色背带裤,可是没有适合娜塔丽的尺码。第五家有四条尺码合适的背带裤,可是却没有一件能穿得进去,比这再大一码的也穿不进去,再加大一码的还是不行。

"这裤子太勒了。"娜塔丽嘟囔着,气哼哼地拉扯着裤裆,"这里太紧了。不舒服。"

"你们去诺薇姿看过了吗?"卖衣服的女店员冷冷地问。

于是他们来到了诺薇姿。当他们走到那宽大的玻璃门前面时,店铺里的两个女店员瞬间停止了她们热火朝天的闲聊,惊讶地望着门外这位美洲大鹦鹉般的奇女子。她妆容斑驳,一簇头发耷在标新立异的头巾外面,连衣裙前襟洒满了番茄汤汁,裙摆上蹭得都是泥土,而她的手里还牵着一个人见人爱、穿着古怪袜子的小朋友。

店铺玻璃门被打开的时候,两个女店员才回过神来。

"我们打烊了。"她们齐声吆喝着。其中胆子大点的那个甚至用手拉住道菲尔夫人罩衫的袖口,想把她赶出去。

丹尼尔被激怒了。他把身子完全挺起来,像一座高塔俯视着那个女店员,用雷鸣般的声音咆哮着:"小姑娘,那扇门上张贴的告示上写得很清楚,你们到五点半才关门。"

"现在就差不多到了嘛。"女店员争辩道。

"还差七分钟才到。"

"如果想试衣服的话也来不及了。"

"那我们就看看!"

"这是毫无意义的。"女店员还在坚持。她脸上的表情明明就是在说,这家商店里没有任何一件衣服的尺码适合道菲尔夫人。

"来吧,娜塔丽。"丹尼尔说,"你想去看看这些漂亮的衣服,是不是?"

"不想。"娜塔丽说,"我想回家。"

女店员幸灾乐祸地笑起来。

"不管怎样!"丹尼尔对娜塔丽说,"反正我们要去看一看,看满七分钟。"

"现在只有六分钟了。"女店员傲慢地纠正道。

娜塔丽基本上是被拖拽着走过一排排衣服架子的。她板着身子就是不肯走,商店里粗硬的地毯都被她的鞋拖出了划痕。她开始发脾气,愤怒地抱怨着她的脚很痛,她的腿酸了,她想回家,她错过看《蓝色彼得》的时间了,以及她根本就不喜欢背带裤。

"我们也不卖背带裤。"女店员大声说道。

她说的一点儿都没错。整个童装区也不过只有短短的两排衣服架子,其中一排还几乎是空的。这些衣服里面没有一件是背带裤。虽然丹尼尔尽可能放慢动作,仔细查看,也只勉强耗去了一分半钟。

"还有四分钟。"女店员的声音里怨恨满满。

"咱们能不能回家呀?"娜塔丽拖着哭腔可怜地问道,即使是暴君的心也会为之融化。然而丹尼尔的心却是用更坚硬的材料做成的。

"我说走的时候才能走,娜塔丽。不能提前。"

他们穿行在衣架中,丹尼尔尽量装作不需要使出全力去拉娜塔丽的胳膊,也用不着不停地压低声音恐吓她。

"还有两分钟!"

"我走不动了,累死了。"

"还有一分钟!"

两个女店员并排站在门口,眼神里充满怨恨,把钥匙甩得"哗啦哗啦"响。而丹尼尔还在视察睡衣区。

街上,教堂钟楼敲响了半点的钟声。丹尼尔把娜塔丽的手抓得更紧一些,从怒目而视的女店员们身旁昂首挺胸地走过。

"谢谢你们,亲爱的。"他用最优雅的姿态点了点头,"你们太热心了。"

伴随商店的门在身后猛地关上,他听到了顺着风飘来的声音:

"真是个狠毒的女人!"

商店外,娜塔丽瞬间恢复了正常。

"咱们现在可以去巴童店吗?"她恳求着,"巴童店到六点才关门,他们的店门外有辆冰激凌车。"

"不行,宝贝。"丹尼尔说,"道菲尔夫人累坏了,我们现在要回家了。"

"那我的背带裤怎么办?我们要不要明天再来试试?"

"不!"丹尼尔打了个冷战,"我看不行,宝贝。放学以后再出来买衣服根本行不通。还是等到周末时间充裕的时候再来办这件事情更明智些。"

"真有意思!"他们走在回家的路上,娜塔丽一边说一边把手伸进丹尼尔的手掌中,"妈妈也总是这么说。"

第九章　暴雨天不盖草房顶

第二天,正如丹尼尔所担心的那样,简直是一塌糊涂。当他穿着干净的裙子、戴着漂亮的新头巾来到斯普林格大街上班的时候,他吃惊地发现,他的三个孩子正在家里雀跃地等待着他。

"你们为什么都没去上学?"他问道。

"学校罢工。"莉迪娅说,"昨天发通知了。"

"没人给我看任何关于罢工的通知呀。"

"娜塔丽给你看了。我们看见她那张通知就放在厨房桌子上,所以我们也就没再给你看。"

"我没看到过通知。"丹尼尔十分确定。

"你肯定看了。"莉迪娅坚持道,"我们都看见了。那张通知的背后写满了关于刺猬的傻话。"

丹尼尔恍然大悟，转过身来责备小女儿："你跟我说那是一张作废的旧通知。"

娜塔丽此时已经眼泪汪汪了。莉迪娅说她写的都是傻话，这深深地伤了她的自尊心。

"我给弄混了。"

丹尼尔叹了口气。

"没关系啦，没什么区别，反正你们今天都得在家。"这时，一个念头击中了他。

他的脸上顿时血色全无，这让道菲尔夫人那杏仁奶油色的粉底霜看起来就像贴在木偶脸上的廉价金叶子。

"不对，还是有区别的！你们不能待在这里！一个都不行！今天绝对不可以！"

"为什么不行？"

失去的血色又猛然间冲了回来，这下，丹尼尔的脸又变紫了。

"因为再过一会儿，美术课的学员就要到这里来了。然后我就要站在那边的地毯上，一丝不挂了！"

"我们不介意呀。"孩子们齐声说道。

"我介意。我非常介意！"

"我们经常看到你不穿衣服的样子。"莉迪娅宽慰父亲道，"那次伦敦剧院打来电话，你正在洗澡，我们都看见了。还有一次，你在阁楼上干完活儿，妈妈让你把身上所有的衣服都脱下来放到一个塑料袋里，然后你才下来的。"

"还有在兰都诺海滨，你的浴巾掉到地上了。"娜塔丽说，"那一次沙滩上所有的人都看见了。"

"这可是两回事！"丹尼尔对他们说，"我又不是那种假正经。有人用奇怪的眼光匆匆瞄了我一眼，那又怎样？我无所谓！浴盆里用来遮羞的法兰绒浴巾一不留神飘走了，又如何？我才不会觉得尴尬！可是，像石头人一样整整三个小时赤条条地站在壁炉前的地毯上，让我的孩子们围观？不，谢谢了！不行，绝对不行！"

孩子们露出极其失望的神情。

他们谁都不说话。在一阵令人压抑的沉默之后，丹尼尔问他们："你们就不能到什么地方去玩儿吗？"

"玩儿？"

"玩儿？"

莉迪娅和克里斯托弗的语气中明显流露出对这种想法的不屑。

"或者，看书？画画？做好吃的？"丹尼尔开始感到绝望，"假如我给你们一些钱，你们可以去逛商店。"

"多少钱呢？"

丹尼尔把手伸进道菲尔夫人的裙子口袋里摸索着。然后，他突然意识到，米兰达前一天留给娜塔丽买背带裤的那几张钞票，已经随着

那条洒满汤汁的裙子被送进洗衣店了。

丹尼尔无路可走了。

"哦,我放弃了!"

出于儿童天真狡黠的心理,每个孩子都立刻装作把这句话理解成是允许他们留在家里看这场"大戏"的意思。避免父亲随时会改变主意,他们用飞一般的速度奔上楼,假装听不到他让他们回去的呼唤,并决心一定要做到如他所愿——像天使一样乖巧,像老鼠一样悄无声息——直到那个精彩的约定时刻来临。

丹尼尔冲进厨房,给水壶插上电源,摆好咖啡杯,还迅速往海蒂的笼子里面瞄了一眼——它看起来比前一天更加虚弱,更加萎靡不振,紧跟着,门铃就响了起来。胡波太太到了。

丹尼尔一边在围裙上擦着手,一边用身躯挡住门口。

"不好意思,亲爱的,你来上美术课的时间也太早了。其他人都还没到呢,再说……"

胡波太太用画架当作"攻城"的武器,从他身边挤了过去。在她身后,丹尼尔看到另外两名美术课的成员也拿着绘画工具袋和折叠好的画架,费劲地下了公交车。

一声叹息后,他将前门半敞着,然后跟着胡波太太走进厨房。

胡波太太正在给自己倒咖啡,被发现后露出一副讨好的笑容。

"我给咱们两个人都倒上一杯,好不好,道菲尔夫人?"

"倒四杯吧,亲爱的。"丹尼尔说,"另外两位就要进来了。"

一开始是四杯,然后是六杯、七杯、十一杯。随着美术课成员一个接一个到来,丹尼尔不得不没完没了地客套寒暄,像热锅上的蚂蚁一样被困在米兰达的厨房里。

"希拉德先生什么时候来呢?"

"一般他不会迟到的呀。"

"我给过他地址了。"

"他会不会打电话来……"

"他肯定在来的路上了。"

这是在召唤我登场了,丹尼尔想。他摆出最亲切的态度对每个人点头微笑,同时侧身朝厨房门的方向移动。他用手里端着的糖罐子做掩护,一边给大家加方糖,一边盘算着怎么能溜到楼上去迅速换装,然后再以他本来的形象突然现身在大门口。可是猛然间,他清晰地意识到,这个毫无难度的计划中存在着一个致命的瑕疵——他没有带自己的衣服!他忘了带裤子,也没有外套,没有衬衫,没有袜子!现在他真是进退两难了!

"到底发生了什么事呀?"

"他在哪里?"

"这样太不对了,真是的。他应该打个电话来。"

"已经晚很多了,我们应该在二十分钟前就开始写生了。"

眼看着没有任何退路了,丹尼尔决定铤而走险。

"各位,咖啡都喝完了吗?"他用道菲尔夫人那种慈母般的语气柔声招呼道,"我帮你们把杯子收走,可以吗?大家都到客厅去吧,支起可爱的画架,拿出你们的画笔。我去把希拉德先生给你们叫过来。"

"把希拉德先生叫过来?怎么,他已经来了吗?"

"难道这么长时间里他一直都躲着吗?"

"没有躲着,亲爱的。他只是来得早了些,溜到花园里抽烟去了。"

抗议的低语声从丹尼尔四周传来。

"他在这里?一直都在?"

"这女人刚才就应该想到要告诉我们的。"

"她没听到我们一直在担心吗?她是不是耳聋?"

"我都不知道希拉德先生会抽烟。"

丹尼尔一时间忘记了自己的角色,对最后这句话做出了回应。

"我确实很享受偶尔抽上一根雪茄。"

所有人都扭过头来望着他。道菲尔夫人在他们心目中的形象可不是一个偶尔要抽根雪茄的人。不过,这也难怪,毕竟他们之前也没料到她是个聋子。

惊慌之中,丹尼尔匆匆把他们引出厨房。

"请移步吧,亲爱的客人们。你们各自在客厅里安顿好,还没等到你们摆出那些漂亮的鲜黄色、钴蓝色的颜料,希拉德先生就会站在你们面前了,我可以保证。"

美术课的成员们带上他们的画稿夹子和绘画用具,磨磨蹭蹭地穿过门厅,口中继续不客气地抱怨着这场拖延是多么愚蠢和毫无必要。

丹尼尔抽身跑向楼上,克里斯托弗正在楼梯间等着他。

"我们现在可以下楼了吗?"

"当然不行!"

丹尼尔推着儿子进了米兰达的卧室。

"快!"他说,"我把衣服脱下来,你翻翻妈妈的衣柜,找点什么能让我把自己裹起来的东西。"

"什么样的东西呀?"

"我不知道!"丹尼尔扯着身上的裙子叫道,"找点什么能让他们分心的。花花绿绿,很难画的那种!"

"这件怎么样?"克利斯托弗举起一件彩虹色的毛衫,上面印着反对核武器的标志。

"天哪,不行! 找点别的什么!"

丹尼尔擦拭着道菲尔夫人脸上的杏仁奶油色粉底,与此同时,克里斯托弗举起了一条镶着花边的灯笼睡裤,上面还有可爱的、小小的闪亮心形图案。

"这个怎么样?"

"不行！"

丹尼尔从道菲尔夫人的装扮中彻底"逃脱"了出来，那身行头堆在米兰达的地毯上，微微散发着薰衣草香水的气息。

"好吧，那你只能裹上这个了。我也找不出别的了。"克里斯托弗递给他一条花纹繁复的佩斯利细毛披肩，上面带有猩红色的流苏。

"哦，这个行！"丹尼尔把披肩围裹在身上，还打了个结。

"小心一点！"克里斯托弗提醒他，"这是妈妈心爱的东西之一。万一弄坏了，你可就惨了。"

"这个女人已经想要我的命了。"

"那确实是。"克里斯托弗"嘿嘿"笑着，"你真应该听听，昨天晚上她是怎么说你要在这里当人体模特儿的事的。'谢天谢地你们三个都会安稳地待在学校。'她一直这样说。我们没敢提学校罢工的事。今天早上我们都装作和平常一样出门去上学，但其实一直躲在花园里，等到她去上班后才跑回家来。"

丹尼尔被吓得不轻。

"万一她中途回来了呢？很有可能！今天早上她应该已经收到我的辞呈了。她很可能会匆匆赶回家，设法说服我留下来。"

"要是她回来，你就完蛋了。"

"噢，我的天哪！"丹尼尔高声叫道。

接着，他向楼下跑去，披肩上的流苏在他的四周飞舞。

楼下的情形略有好转，因为他的出场引发了一阵暴风骤雨般的争论。一组人从美学角度认为,他应该站在从窗子射进来的自然光线下,让那块色彩斑斓的"裹腰布"随意地垂落。而另一组人却认为,他应该坐在灯光下,更有利于突出羊绒披肩那轻柔的褶皱。("看那红色对淡紫色的倾诉呀！"哈米德博士激动万分地嚷道。)而胡波太太让他把披肩彻底丢掉的建议被在场的其他人礼貌地忽略了。

丹尼尔踏上壁炉前的地毯,然后相当优雅地落座,感到了赤身坐在凳子上的凉意。刚开始的一两分钟里,他尽力去适应他们五花八门的要求和建议。

"能不能把脸朝左边再稍微转那么一点点？谢谢！相当完美了！"

"有没有可能再把你的脚伸出来一点儿……就是这样！"

"大家都同意左臂要像这样垂着吗？"

不过他逐渐就不再回应他们的任何提议了，直白地表示出他自己认为姿势已经摆好。要么喜欢,要么忍耐,反正就是这样了。

大多数人还是喜欢的。虽然这个环境有些局促狭窄,远远不够理想,大家还是心满意足地各自安守着那些装着蜡笔、炭笔,还有铅笔和粉笔的小盒子。在起初的一轮轻声道歉之后——"真对不起。""我稍微挪动了一点儿,你现在能看见了吗？""哎哟！""是我碰的吗？太抱歉了！"—— 一段相安无事的宁静时光来临,间或会有几声克制的轻呼传达成功的喜悦,更多时候则是受挫的低声嘟囔,以及波凯特小

姐忍不住哼上几句的经典小曲。

丹尼尔放松下来,身下的凳子也热乎了。也许一切都不至于那么糟糕吧。他开始想象这个上午能够安然度过,没有任何灾难发生的可能性:只要孩子们懂事,能管住自己安静地待在楼上,不要碍事……只要没有人贸然离席去寻找那位可爱的道菲尔夫人,或者还想喝点热咖啡……只要灯具城里有一大堆棘手的事务,能把米兰达稳稳地拖住……

整整一个小时过去了。涂一涂,抹一抹,擦一擦,哼一哼……总体来说还是相当舒缓放松的。丹尼尔恢复了一定程度的乐观,已经开始享受了。他心情愉快地坐在那里,沾沾自喜地品味着一个突然让他心动的事实——他现在挣的可是双份工资了。他甚至开始琢磨要不要大胆地提出稍事休息,然后冲到楼上,迅速换上连衣裙和头巾,在脸颊上抹一层杏仁奶油色粉底,接着再回到楼下,招呼他们喝点咖啡,而"希拉德先生"呢,可能就会巧妙地抽身出门去寻觅雪茄,再在花园里静静地抽上一支。

然而,命运的力量终究无可抵挡。就在丹尼尔惬意地坐着,一边有意识地控制自己的腿不要晃动,一边无聊地在脑海里编造合理的解释——关于一个腰缠裹布的成年男子是如何在几秒钟之内从大家眼前消失,并走到了街道拐角处的烟草店,这时,他的目光无意识地飘向了花园的方向。

于是,透过窗台上的那几盆天竺葵的缝隙,他看到了三颗仿佛从花盆里长出来的小脑袋,那是他的三个孩子在盯着他瞧,并且,就在他们的身后,像复仇女神一样从花园小路跑来的,正是他的前妻。

"我的老天!"丹尼尔心中呐喊道,"救救我,快救救我吧!"

他不敢再看下去,也无需再看了。就算他看起来还是镇定自若地坐在凳子上,眼睛望向别处,但他依旧可以凭借意念,看到米兰达那一双怒目中深深的嫌恶,感受到她手掌重重的拍打,毫不费力地想象出那怒气冲冲的低声警告:"下来!你们三个,马上离开那扇窗户!你们为什么没去上学?什么?罢工了?没人跟我提过这件事!道菲尔夫人在哪儿?为什么她把你们丢下不管,还偏偏是在今天!"

他小心地向右边瞥了一眼。就那么一眨眼的工夫,花园里已经空无一人。他听到了后门被猛力关上的声音,之后,没过几秒钟,又是一阵"窸窸窣窣"的脚步声。可怜的小家伙们,肯定是被米兰达赶上楼去,劈头盖脸地挨了一顿骂。

这令他难以忍受。他从凳子上跳了起来。

"请原谅!"他大声说道,"我马上就回来!"

接着,他就跑出了房间,留下一屋子惊讶的目光。

他们在楼梯上相遇了。他停住脚步向上望去。她走了下来,一脸的迷惑不解。他的花头巾被她抓在手里带下来,看起来就像一个艳丽的茶壶套那样无辜,像任何一件小小的日用品那样无害。

"道菲尔夫人在哪儿？"

"米兰达……"

她脸上的疑云加重了,眯起眼睛凝视着他,嗅着空气中的味道。

究竟是发际上不小心留下的杏仁奶油色粉底,还是淡淡的薰衣草余香暴露了他的行藏?

不管是哪个原因,反正游戏结束了。米兰达已经明白了。

"你就是道菲尔夫人！"

"米兰达！听我说……"

"你就是道菲尔夫人！一直都是你！"

"米兰达！求你了！我可以解释的！"

头巾重重地砸到了他的脸上。接着,像从前的每一次一样,一场大战开始了。

"你居然敢这样?"米兰达气得浑身发抖,"你怎么敢这样骗我,还摆布我的孩子也来骗我?你怎么敢怂恿他们和你串通一气对我撒谎,还如此地羞辱我？"

在这一通狂风骤雨般的猛烈攻击之下,丹尼尔心中的忧惧瞬间化为怒火。

"别这么趾高气扬吧,米兰达！在指责我之前,你先扪心自问,是谁把我们逼成这样来骗你的?问问你自己,一个做父亲的怎么会走投无路到不得不乔装打扮才能见到他的亲生孩子！问问你自己,为什么最开始孩子们情愿接受这个骗局!如果你不关心我们所做的一切,那就试着回想一下吧,就是因为你的自私、草率,因为你不考虑别人的想法和感受,才导致了现在发生的这一切!"

"你和他们定期见面!我从来没阻拦过你!"

"你也从来没帮过我!自从离婚后,你对待我就像是对待惹麻烦的垃圾。就算我和孩子们见面,那也不关你事!"

"这话是什么意思?不关我事?就算我下班后精疲力尽,就算整个人已经累垮了,每周我还是会开车送他们去见你!"

"总是晚到几个小时。"

"有时候是会晚一些!可是我要上班,你知道的。不像你!十四年来挣钱养家糊口的人只有我。我拼命地工作,你根本不懂这意味着什么,也许你应该亲自试试!你不喜欢我晚到你那个又脏又乱的公寓几分钟,可是你并没有想办法去找份工作呀,那样你就可以自己开车去接他们了呀!如果你换个选择,做一份枯燥艰苦的工作,就像我一样,每天到家的时候多半已经累得不想跟他们说话了,也许你就不会那么热心地为你那些可爱的小宝贝做这做那了!"

那些可爱的小宝贝此时正坐成一排,脸色惨白,仿佛被楼梯栏杆囚禁起来了一样。克里斯托弗已经开始轻声地哼哼,就是那种在他压抑苦闷的时候才会发出的细弱又不成调的哼鸣声。在丹尼尔身后,楼下的美术课成员们都低着头,侧着脸,正一个挨一个地,蹑手蹑脚地

往屋外溜。

"我警告你,米兰达。"丹尼尔威胁道,"别再翻这些陈年旧账!过去那些年你够得意的了,有我在家里照看生病的孩子们,你才能脱身出来,穿着时髦的套装和漂亮的鞋子到灯具城去上班!现在,你休想奚落我没有工作!"

"为什么不能?"他的威胁远远压制不住米兰达的愤怒,"为什么?我的人品好像早就被议论过了吧!为什么就不能说说呢?你这个人又懒又穷,还没有责任心,一直如此,也会永远如此!但是我绝对想不到你会堕落到这个地步,拿我辛辛苦苦挣的钱来做你的薪水,欺骗、撒谎,在我家里不请自来、四处插手,让我在自己的孩子面前彻底成了个傻瓜!"

"我拿你的钱完成了你希望有人来做的工作,而且我做得很好!你自己不是常把这话挂在嘴边上吗?如果我提出在孩子们放学后照顾他们,你能通情达理地接受,那么我根本不用拿一分钱,也不会编谎话来愚弄你,因为这本来就是我愿意做的!"

"我没把孩子们托付给你真是太对了,不是吗?你刚刚就证实了这一点!我知道你没有责任心,丹尼尔·希拉德,但我确实以为你还存有一点点良心!可这是什么样的良心呀,做一份瞒着你前妻的工作,包括乱翻她的衣服,然后决定哪些应该被扔进洗衣筐?!"

丹尼尔挥起拳头,狠狠地捶到墙上。

"你又来了!"他讥讽道,"还是你这一套!这一直是你的毛病,米兰达!你只看见别人如何错待了你!却从来没想过可能是你先错待了他们,或者是你逼着他们做错的!"

"哦,是我逼你的,对吗?"她的语气中充满了怨恨,"这一切都是我逼你做的?我逼你给我端来一杯茶,然后引导我放心地谈论着我们的婚姻,而我的三个孩子就坐在那里听着,心里一直都清清楚楚地知道你到底是谁。"她沉下声音低语道:"你把我耍得好惨,丹尼尔·希拉德!你还觉得自己这样做是有理由的?"

她紧紧地攥住楼梯扶手,低头俯视着他,恨不能朝他啐上一口。

"你的所作所为不可饶恕!不可原谅!我不会原谅你,永远不!孩子们都会明白的——对吧?"

她转过身向孩子们寻求支援,却没有一个人动一下,也没有一个人开口说话,孩子们的小脸像苍白的面具,连克里斯托弗的哼哼声都停住了。

轮到丹尼尔向孩子们求援了。

"告诉她!你们告诉她呀,让她知道这一切是怎么开始的!就是因为她的不可理喻,完全无视你们和我的意愿,就是因为她对所有让她觉得不方便的提议都充耳不闻,哪怕只有一瞬间,都担心会'破坏她的常规'!"他满脸厌恶,像是吃到了什么难吃的东西似的,"告诉她就是因为她太固执,自以为对她适合的就等于对所有人都适合,你们三

个才不得不瞒着她！"

"我不允许你在我的家里当着孩子们的面这样说我！"

"为什么不行？"他发出一声难听的怪笑，动作夸张地转了个身，"为什么你就能在这个家里不停地诋毁我？别忘了我都在场，都听得到！你说的那些话，我都听见了！"他伸出手，气势汹汹地指着她。"孩子们只能听你说，是呀，没错。但你并不知道他们是怎么想的，对吗，米兰达？你想不到，对他们来说这只不过证明了你当初选择嫁给我这个主意有多糟糕，你的心胸有多狭隘，头脑有多浅薄！说我的坏话对你自己也没有任何好处！只会让孩子们被迫在你面前掩盖对父亲的感情！"他面带威胁地左右摇动着手指，"你现在的处境很危险，米兰达，非常危险，因为谁也无法隐藏对一个人的爱。如果你强迫他们在你面前藏得太深，他们也就不会再爱你了，这样他们才能好好守住他们心里的小秘密！"

"他们不会不爱我！我是他们的妈妈！"

"他们也不会不爱我！我是他们的爸爸！"

深刻的仇恨让两个人都陷入了沉默。

莉迪娅猛地站起身，面色铁青，双手紧紧地攥成拳头。那副样子是她的父母从未见过的。

"我恨你们两个人。"她用颤抖的声音对他们说道。接着，她转身走进自己的房间，关上了门。

克里斯托弗也站了起来。

"我也是。"他流着眼泪对他们说,"讨厌!恶心!你们两个人都是!"

他没回自己的房间,而是去找他的姐姐了。

只留下娜塔丽独自站在楼梯顶端,皱着她的小脸,一言不发。

一刹那的震惊之余,米兰达向娜塔丽扑过去,想把小女儿抱在怀里,好好安抚。可是她刚刚接近娜塔丽,克里斯托弗突然从莉迪娅的房间里冲出来,一把将米兰达推开,抢过娜塔丽,把她抱起来。

"继续你们肮脏的争吵吧!"他喊道,"放过可怜的娜宝!"

他抱着妹妹,一边哭一边走进莉迪娅的房间。他在身后关门的力气过猛,门把手都被撞脱落了,在地毯上打着转滚了出去。

这番刺激对米兰达来说过于沉重了。她跌倒在地上,像一个被掏空了棉絮的布娃娃。她的膝盖在发颤,两只手在发抖,连嘴唇都在哆嗦。丹尼尔看着心里难过极了。

"米兰达,别这样!"

"我希望你离开。"

丹尼尔低头看着地毯上的那只门把手。

"孩子们怎么办?"他问道,"要不我把他们带走?正好,今天是星期二……"

他的话音渐渐收住。米兰达看着他的眼神让他难以承受。

他快步从米兰达身边走过,自己的腿也在发抖。他走进宽敞的卧室,去拿他落在那里的衣服。看着地板上黯然躺着的那一小堆衣物,丹尼尔感到无比厌倦。可是他也没有别的什么可穿了,那些当年离开家时忘记带走的衣物,在很多年前就被米兰达当作垃圾扔出去了。

最后一次把自己装扮成道菲尔夫人后,他思忖着要不要为自己搞砸的一切做点补救。他可以径直走过米兰达的身旁扬长而去,但也可以在楼梯上坐下来,陪在她的身边,悄悄伸出一只手臂搂住她的肩膀,递上一杯她常喝的酒,试着解决问题。

但是这行不通。暴雨天不盖草房顶,行不通的。

他走出房间,米兰达还是一动没动。当他小心地经过她身边下楼时,她就坐在那里,像一块冰冷的石头。他的头巾还丢在地上。他捡起来,潦草地把它裹在头上,一路走出门去。

他看到胡波太太正用一个很危险的姿势探身越过围墙,巴望着能偷听到更多。

离开前,他充满恶意地对她说:"看你花园里的大猪草,这么早就已经长疯了。"

即便胡波太太的神情陡变,也没能给他带来丝毫慰藉。

第十章　明镜河

丹尼尔没在公交站等车。他还穿成道菲尔夫人的模样，胡波太太从花园里一眼就能瞧见他，孩子们也可以从莉迪娅的房间里望到他，很有可能米兰达也在一楼的窗前怒视着他，这些都会令站在那里的他无地自容。他索性沿着街道迈开大步走起来，直到转过街角才放慢了速度。

又走出几条街，他听到身后有公交车驶来的声音，于是边走边伸出手示意。心情低落的他倒并不在意司机是否会特意为他停车。然而，车真的停了下来。丹尼尔上了车，司机松开离合器，继续驶向前方车站。这时，丹尼尔才发现自己身上没有钱买车票。

"我的天！我好像把提包丢下了！"丹尼尔本来已经态度粗暴地找司机要了一张票，可现在发现自己没带钱，出于本能，他只能设法用

道菲尔夫人做盾牌来化解司机的怒气。

"哦,我真是个糊涂虫!您肯定很恼火,司机先生,您都把车票给我了!哦,我太抱歉了!"

公交车司机彻底消了气。果然,他似乎觉出道菲尔夫人魅力十足。

"没关系的,女士。这趟算我请客。坐下吧,让你的腿解解乏。"

"您真是个好心人!"丹尼尔柔声说道,"真是太好了,太好了!"

公交司机的脸红了。他打了个手势让道菲尔夫人坐在留给老弱病残的专座上,这个位置离他最近,方便他们继续交谈。丹尼尔本就心不在焉,也没想到要拒绝。他绷紧身体,坐在椅子的最外缘,不安地揪着裙子,对司机说的每句话都机械地点着头。他的心思完全被自己和米兰达这一场狂怒的争吵占据了,脑海里全是清晰而刺激的现场重映,以及孩子们那一张张紧张而忧伤的脸。

公交车又飞驰出了好几站,丹尼尔才从痛苦之中缓过神来,他发现这位司机已经不仅仅是在表达友好了,而是得寸进尺地开始问东问西。

丹尼尔在心中暗骂着道菲尔夫人。

"我到站了!"他颤声说道。

"出了环线才能停车,亲爱的。"

司机继续送上一连串关于再次见面的强烈暗示。

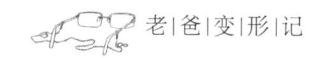

丹尼尔不由得红了脸。

这在司机看来仿佛是恰到好处,他干脆向道菲尔夫人抛起了媚眼。丹尼尔的神经本来就已经绷得很紧了,现在则更加慌张。他仿佛掉进了陷阱,浑身燥热,心烦意乱。下意识地,他卷起了自己的衣袖。不过,还没等他把两只漂亮的褶边袖口多挽上几折,司机的注意力却突然间转移回了路况上,目不转睛地盯着前方的风挡玻璃。

丹尼尔松了口气,低下头,这才注意到自己搭在腿上的手臂——那是两只健硕、强壮、肌肉突出的手臂,上面覆盖着浓密的黑色汗毛。

丹尼尔偷偷地瞄了一眼司机。不巧,他们的目光在后视镜中碰到了一起。司机马上看向别处,又紧张又尴尬,努力回想着自己那些疏于来往的老朋友,以及这个周末真该花点时间和他们聚聚了。

到了环线上的又一个环岛,丹尼尔跳下了车。他到家后做的第一件事就是扯掉头巾和裙子,把道菲尔夫人的所有衣物都塞进一个用来装园艺垃圾的超大号黑塑料袋里,然后拖着它走向社区垃圾桶。"解脱啦!"他一边喊着,一边把袋子塞到一堆鸡骨头、茶叶渣和胡萝卜皮当中,"再见了,头巾!永别了,薰衣草香水!拜拜了,杏仁奶油粉底霜!一路走好吧,道菲尔夫人!谢天谢地我们不会再见了!"

最后,作为告别的礼仪,他又朝着垃圾桶狠狠地踢了一脚。

他接下来要做的就是去翻找那个存着应急零钱的破茶壶,里面还有几英镑。于是,丹尼尔跑出去买了一个拖把、一个硬毛刷、两包抹

布,还有三桶带研磨功能的去污粉。"又脏又乱",米兰达这样形容他的住处。他一定要让她看看！走着瞧！

他扫完地,又把地板擦得锃光瓦亮。为了给自己的劳作增添些乐趣,他想象着家里刚发生了一场可怕的事故,他正在擦洗残留的污迹。不过这次他没有那么入戏,也许是他心里真的有点儿愧疚吧。她所说的一些话的确戳中了他的心……

之后,他又开始收拾炉台了。米兰达对它嗤之以鼻是应该的,他承认,确实很恶心。一开始,他根本看不到炉台的表面,不得不先用刀子刮去上面的几层油污,再用报纸一遍遍地擦拭刀子,然后再用手指去清理那些藏污纳垢的地方。真的很脏,他第一次发现一个地方竟然会脏成这样,他确实不该任由自己的新居变得如此可憎,如此不洁。

他一边擦着,刮着,脑海中一边闪现出许多记忆中的往事。他想起有一回,他提出让莉迪娅到他这里来举办生日聚会,遭到了米兰达的坚决反对,她说已经有几年没办生日聚会了,今年也不办。而莉迪娅对他的提议不仅仅是拒绝,她甚至打了个冷战。就因为这个,他对这件事才记忆犹新。当时,他对女儿的礼貌拒绝只是从最浅层去理解,并没有把其中隐含的深意放在心上。可是现在,回想从前,他才明白她为什么会在听到这个提议的时候流露出惶恐的神情——他为女儿的同学们提供的招待只能是脏乱且毫无吸引力的,就连现在的自己都觉得提出这个想法着实令人尴尬,在女儿当时的认知中恐怕更是如此吧。

灰尘和杂物都容易处理,但陈年污垢就不那么容易了。丹尼尔再次燃起斗志,把自己投入到热火朝天的"战役"之中。这一次,他要直接和污垢魔王本人作战。等到阳光透过刚刚擦干净的窗玻璃射进来,把洗手池照得闪闪发光时,门铃响了。

丹尼尔的两只手上沾满了洗衣粉,他走到门厅,用胳膊肘拨开了门闩。

他的大女儿就站在门外。丹尼尔惊讶地发现,她居然穿着一件厚厚的冬装外套——那是丹尼尔去年给她买的,从来没见她穿过。

"莉迪娅!你来了!"

"是呀,我来了。"听起来她好像一点儿也不开心。

丹尼尔退身向后,让她进屋。

"我给你煮点茶?"

"不用了,谢谢。"

她语气冷漠,态度也不友好,走过厨房时,对他刚打扫完的那些亮闪闪的漂亮厨具连看都没看上一眼。她径直走到电视机前,"扑通"一声坐下来,气哼哼地盯着黑黑的屏幕。

等了一小会儿,丹尼尔试探着开口:"我和你妈妈之间确实是大吵了一场再加半场……"

"太可怕了!可怕极了!"

"必须承认,我们俩不是坚定的和平主义者。"

"你们两个人真的都很坏!"

为了掩饰自己的尴尬,丹尼尔在屋里四下走动着,不时拾起一些旧报纸什么的丢进字纸篓,偶尔捡到一只孤零零的袜子,他就会怀着庆幸把它塞进自己的口袋里。他觉得,离婚之后,孩子们七零八落的袜子很可能就相当于战争时代的橄榄枝,是和平的象征。

莉迪娅还坐在那里,怒视着黑黑的电视屏幕。这让丹尼尔觉得太不舒服了。他再一次开口道:"是呀,是很可怕。我现在可以接受建设性的批评,但如果是一味地指责……"

"听着,"莉迪娅十分冷酷地打断他,"我现在根本不想说话,如果你不介意的话,我也不想听你说。我确定我不想谈论这件事。"

"那你为什么要来这里呢?"丹尼尔不解地问道。

莉迪娅的两颊泛起两片淡淡的红晕。

"因为今天是星期二下午茶的时间。"她说。

"因为星期二是属于我的时间?"

莉迪娅的脸色越发阴沉了。

"我只是遵守规则做事。"她说。

"你只是在行使你认为属于自己的权利?"

"你要这么说也可以。反正我也没指望来了能开心!"

"我还是煮点茶吧。"丹尼尔赶忙说道,然后转身走回厨房。他烧上茶壶,等待水烧开的这一会儿工夫,他清理了冰箱和菜架子之间的那一小块空隙,从那里取出他的木质茶盘。就在这个地方,他又找到两只袜子,不由得更加尴尬了。

几分钟后,他端着茶盘回到屋里,莉迪娅的情绪已经缓过来一些了。热茶和饼干一下肚,她的语气也温和起来。

"也不只是遵守规则。"过了一会儿后她说道,"还有别的原因。"

"哦,是什么?"

"自从妈妈讲起你们的婚礼,有件事我想了好几天。我在想那个时候,假如你们两个人当中任何一个不再坚持了,我们几个孩子就都不会出生了。"

"可是你们都出生了。"

"对,这就是重点。我们都出生了。我们是唯一延续下来的,对吗?我的意思是,你们的婚姻是失败的,彻底地失败了。你们两个人甚至都做不了朋友。"她不耐烦地摇摇头,那神态令丹尼尔觉得她比以前更像她的妈妈了,"我知道,当你们两个在别人家的聚会上,或者在学校的晚会上,或者在其他诸如此类的场合遇到彼此,也能演得很逼真,仿佛关系很好。但其实你们已经不再是好朋友了,对吗?"

"对。"丹尼尔承认道,"我们不是好朋友了。"

"所以我就在想,娜宝、克里斯托弗和我,我们三个是这段婚姻中仅存的产物。我们就是留下来的全部。现在,我们就是全部的意义。"

"全部的意义？"

他的语气很轻柔,只是有一丝困惑。

"对,全部的意义,让你们两个人有真实连接的唯一理由,也让我们拥有某种额外的权利。你不明白吗？真的不明白吗？如果日子过得让我们三个都不高兴,那这么多年还有什么意义？没有！毫无意义！如果你们想不出办法让我们过好,那么这一切就是彻底的浪费和彻底的失败,甚至……"她犹豫了一下,"比彻底的浪费和失败更糟糕。"

"更糟糕？"

"对,更糟糕。怨恨、争吵还有所有那些丑陋的、丑恶的东西。"

"哦,是的。"丹尼尔说,"丑陋的东西。"他顿了一下,反思着,然后又问道:"你和她说过这些吗？"

"没有,我没说。我想说来着,可是她不想听。她太生气,也太伤心了。"

"因为我。"

"也因为我。"她起身走向窗前,望着外面,把两只手深深插进衣兜里。这件外套不适合她,丹尼尔很确定,图案太扎眼了,而且让她显得有点儿土气。她穿米兰达买的那件就好看多了。

"你是怎么过来的？"他问道。

"我们吵架了,她不想让我来的。她说我背叛了她。她说你已经失去了今天见我们的权利。"

"你是怎么说的呢？"

莉迪娅转过头来，眼里全是泪水，看上去疲惫不堪。

"我对她说，我再也不要过这种生活了，夹在你们两个人中间，考虑着她的权利和你的权利。我告诉她，我也有自己的权利，从今往后，你们两个人还是想想我的权利吧。"

丹尼尔睁大了双眼。

"你说了这些，那她怎么说呢？"

"我并不是说的，"莉迪娅坦白道，"是吼的。"

"然后她说的是……？"

"她也吼了。"

"吼的是……？"

"她吼着说我不能走，说我现在情绪有点儿过头。"

"然后你说……"

"是吼，我吼着说……"她踌躇片刻，声音发颤，"我吼着对她说，要是今天不让我走，她会后悔的！"

"后悔？"

"是的。"

丹尼尔沉吟片刻后问道："你对她说这些的时候，心里究竟在想什么呢？"

莉迪娅又转身看向窗外。

"我也说不清。"她说,"我说不清。但她应该知道——是时候让她知道——可以压制一个人,但这并不是胜利。你可以控制别人,但还是会失去他们。只要她肯停下来想一想,她就会明白的。"

"是呀。"丹尼尔说,"等她停下来好好想想,她就会明白了。别担心。"

莉迪娅叹了口气。她闭上眼,抬起一只手揉搓着眼皮。

"后来我就到地下室去拿上了这件外套,然后出门,搭上了第一辆到市中心的公交车。"

"然后就靠你自己的力量来到我这儿了。"

"还是花了点时间的,但我做到了。"她微微有些脸红,"尽管我忘了带车票钱。因为钱包在我另一件外套口袋里,我自己没想到。不过,公交车司机可真好心,他给我免票了。他说,我不是今天第一个忘了带钱的人,他说有位糊里糊涂的老太太也是这样,就在今天中午,在这同一条线路上。"

"糊里糊涂的老太太?"一时间,丹尼尔替已经不存在了的道菲尔夫人感到愤慨,"糊里糊涂的老太太?"

随后,他站起来,走到女儿的身边,把那件又难看又笨重的厚外套轻轻地从她身上脱了下来。

"你看起来累坏了。"他一边领着女儿走向沙发一边说道,"不如打个盹儿吧?"

"好的。"她说道,"我确实太累了,就算你开着吸尘器我也能睡着。"

他走出房间,关好门,拨通了米兰达的电话。无人接听。

等他拿着毯子再回到屋里时,莉迪娅已经合眼睡去了。

吸尘器的响声确实没有吵醒莉迪娅。在他擦完橱柜又擦亮镜子的过程中,她一直在睡。他清空了纸篓,修好了书架,她还在睡。直到他把百叶窗都调直了,她还没醒。

最后,她是被娜塔丽的喊声唤醒的。娜塔丽从大门外冲进来,怀里抱着一个鼓鼓的塑料袋,挨个房间探头进去大声喊着:"爸爸!"

丹尼尔从他那焕然一新的卫生间里闪身而出。

"惊喜呀,惊喜!"他叫道,"克里斯托弗和你一起来的吗?"

"他这就上来,和妈妈一起。"

米兰达和克里斯托弗一起出现在走廊上。克里斯托弗看上去又恢复了自在——真的,他简直是一副开心的样子——而米兰达还是眼眶红红的,脸上依然没有血色。

丹尼尔和米兰达紧张地对望了一眼。

"你好,丹。"

"你好,米兰达。"他搜肠刮肚地找着合适的话,"你开车带他们过来真是太好了,毕竟……"

"哦。"她面露窘态,"今天是星期二。"她其实还在发抖,他看得很清楚。"他们坚持要来。"

"不管怎么说,"丹尼尔说,"毕竟发生了那样的事……"

两个人的脸都红了。

"求你了,"丹尼尔请求道,"留下来喝杯茶吧。你脸色不太好,我不想让你现在就开车回去。"

"这个……"她迟疑片刻,"我不知道……"

"是呀,"克里斯托弗说道,"你看起来像是受尽折磨的样子。留下来好好喝上一杯茶吧,和爸爸一起。"

"呃,我……"

"好!"丹尼尔说,"太棒了!来吧。"往厨房走的路上,他在米兰达身后向克里斯托弗疯狂地挥手,示意儿子把娜塔丽带开,也别让莉迪娅过来,让他和米兰达两个人安静地待一会儿。克里斯托弗努力保持着一脸矜持配合了。这一番疯狂的手势让他觉得受到了误解,他的本意一直都是让父母二人单独相处的。

米兰达试着用赞美大扫除的效果来掩盖她的不安。

"你干了这么多活儿!看上去比以前好多了。很抱歉,我过去对你住的地方说了不好听的话,不过确实是到了一定程度……"

"你说得特别对!"丹尼尔肯定道,"过去这里就是很让人厌恶。"

米兰达的视线滑向了放在凳子上的剪刀,两片刀刃还是打开的。

"可以吗?"她礼貌地问了一句。然后,她拿起剪刀,把它合上,将尖头朝下,用更安全的方式把剪刀斜立在角落里。

"当然。"丹尼尔打消她的疑虑,"请随意!所有的帮助我都需要。"

米兰达叹了口气。

"也许我们都需要吧。"她把茶叶罐递过去,站在他身边看他温茶壶,"不过我可没有一丝念头希望道菲尔夫人回来!"

"她已经死了。"丹尼尔向窗外看去,垃圾桶已经被清空了,"她死了,一去不复返。"

"哦,我并不觉得难过。"

"我也一样。"他低下头,用开水冲着茶叶,"但我难过的是我们都欺骗了你。这件事做得太糟糕了。"

"也许我应该更通情达理一些。"她抬手指向四周,"可是的确,你懂的,以前我不愿意让他们来这里。我不想……"她的声音渐渐弱了下去。她瞟了一眼安放稳妥的剪刀,目光停留在那些散乱的电线上。

"是的,我明白。"丹尼尔说,"这里就是惹人厌烦,有些地方也确实不安全。不过我现在比以前有条理了,这里的很多东西也会变样的。如果你看见什么让你觉得不放心的,就告诉我,我尽力做好。"

"谢谢你。"她说,"谢谢!"

他递上一杯茶,她抿了一口。

"不错。"她说,"不过没有道菲尔夫人沏的茶好喝。"

"那是因为只有你,"他的语气有一点点的生硬,"才买得起那么好的茶叶。"

米兰达又露出尴尬的神色。

"丹尼尔,"她说,"我跟你就直来直去了。我不希望你回来做管家,以你自己的身份也不行。我知道你干得很出色,但我不想雇你。我也解释不清原因。这就是我的感受。不过也许我们可以找到折中的办法。你愿不愿意做我的园丁?多少能挣点钱。赶上下雨天,你可以进屋来煮一壶咖啡,照料一下屋子里的那些绿植,而如果你傍晚来上班的话,也就能见到孩子们了。"

她停下来,满脸通红。

"毕竟,"她对他说,"你是他们的父亲。"

做这个决定对他来说根本不需要花时间。

"听你的!"他高兴地说,"也许开始的几年我得把种土豆的沟挖得比以前深一些,免得有人从屋子里对我射击。"他把手从衣兜里拿出来。

"给,这些小小的信物代表我的诚意和感激。"

他掏出一堆不成对的袜子,塞进她的手中。

"噢,丹尼尔!"

显然,米兰达被感动了,她把袜子塞进了手袋里。丹尼尔自己也几乎要落泪了。

"还有,以后我不会在吃饭时间打电话了。"

"提到你的时候,我也不会再烦躁了。"

他们相视而笑。

"握握手吧!"他说。

于是他们握了彼此的手。

"我不会再开车回来接他们了。"她对他说,"除非他们特别想回家。今晚他们可以在这儿过夜,如果你方便的话,因为明天学校还继续罢工,无论如何我都需要你的帮助。明天一早我就得出门去马特洛克。"

"你回家的时候我会把他们带回去安顿好的。"

"谢谢了,丹。"

她把身子靠过来,轻轻吻了一下他的脸颊。

"谢谢你,丹。"她又说了一遍,才匆匆离去。

丹尼尔用掌心呵护着这个吻,直到克里斯托弗溜了进来。

"不错!"克里斯托弗说,十分满意地搓着自己的双手,"一切顺利。"

"你都听见了?"

"只有一点儿,听见的不多。"

"你可真没规矩。"丹尼尔说,"和你没关系。"

"和我没关系?"克里斯托弗急了,"你觉得是谁把她带到这儿来的?你想想是谁没完没了地缠着她,别的什么事情也不肯做,就是不放弃这个问题,一遍又一遍地说今天是星期二,我们想来这里?是我和娜宝!就是我们!"

"我非常感激!"丹尼尔说,"你们成功了。"

"我知道会成功的。"

"是的,你知道。"丹尼尔用高高在上的语气说,"你是个孩子。世人都知道,乐观和宽恕的能力在孩子们的天性中是无限大的。"

"算你们两个幸运!"克里斯托弗嘲讽地回击道。

"说得太对了!"丹尼尔表示赞同。至少这一次,他是由衷感激这几个孩子的。

客厅里,娜宝正在等他。她在沙发上兴奋地蹦着高,手里还紧紧抓着她那个宝贝塑料袋。

"说说吧,袋子里到底是什么呢?"丹尼尔问道。娜塔丽摆出一副骄傲得不得了的样子,从塑料袋里拿出了她最心爱的宝贝。原来是那本图画书——《明镜河》。

"以后我要把这本书放在这里。"她郑重其事地宣布道,"放在这个家里。"

"你挑了个好日子做这个决定,娜塔丽。"丹尼尔同样郑重地对女儿说道,"刚好今天下午我把书架修好了。"

他在沙发上坐下来,坐在娜塔丽和莉迪娅中间。

"你们可以在这儿过夜。"他说,"你们愿意吗?"

"愿意。"克里斯托弗马上说,"肯定愿意!"

莉迪娅想了想。

"我想还是留下来吧。"她说着,把毯子往身上拉了拉,"没错,我是这么想的。不过,告诉妈妈如果她改主意了,我也很乐意回家去。"

"我要留下来,"娜塔丽说,"如果莉迪娅留下来的话。"

"好了。"丹尼尔说着,伸手拿过那本书,"我们来读《明镜河》吧。"娜塔丽爬到丹尼尔腿上。克里斯托弗自动填上了她原来的位置,安静地坐在那里摆弄着计算器,假装自己没在听。莉迪娅却毫不害羞,在毯子下面蜷缩成一团,享受着多年以前听过的故事。

"许多许多人都曾经去寻找过明镜河,"丹尼尔开始念了,"那河水……"

门厅里又传来了电话铃声。孩子们很紧张。

"我去接!"丹尼尔大声说着,站起身来。他大步流星地走出客厅,把门在身后重重地关上。他拿起听筒,不错,正是米兰达。

"怎么?"他满心戒备地说道,"你想要他们回去吗?"

"哦,不是!"她根本没理会这个问题,"丹尼尔,我刚刚到家,然后……"

他的语气柔和了下来。

"怎么了？告诉我吧,米兰达,出什么事了？"

"是海蒂。我刚刚进门,它躺在笼子里,两条腿……"她停了停,然后一口气说完,"它……它死了。"

"真可惜。"丹尼尔说,"让你害怕了？"

"没有。"米兰达说,"但的确是个麻烦事。"

在电话这边,丹尼尔能听到她的叹气声。

"丹尼尔,能帮我个忙吗？麻烦你,你去告诉孩子们行吗？我的意思是,你了解我的。"她又叹了口气,"我总是不懂得该怎么跟他们说这类事情。我没有耐心去应付他们的眼泪,还有乱糟糟的墓碑,诸如此类……我觉得,该做的都已经尽力做了,鹌鹑终究是鹌鹑,而且它已经很长命了。"

丹尼尔抬眼望着屋顶,咧嘴笑了。

"我的米兰达！"他说,猛然间记起了多年以前自己为什么要向她求婚,"这才是我的好姑娘！"

"你说什么？"

"没什么,我觉得你说的太对了。鹌鹑终究就是鹌鹑。"

"可是对克里斯托弗来说就不一样了。"

"是的,不能这样对他说。"

"那你能告诉他吗？在这种事情上你实在比我强太多了。"

"我来跟他讲。"丹尼尔说,"我明天告诉他。"

"那就最好了。明天再说吧,今天我们每个人都经历得够多了。"

"我不会忘的。"他把重心换到另一条腿上,"你听好,米兰达,明天早上你还要开车跑很远的路。你现在去找一条旧毛巾盖住笼子,把它放到地下室,然后就别管了。明天我会去料理这一切的。"

"好。"她停顿片刻,接着问道,"他们想留下吗?"

"想。"丹尼尔告诉她,"莉迪娅有一些顾虑,我觉得她今天晚上更愿意陪着你……"

"哦!"

她听起来很开心,还有一丝宽慰。

"不过她真的太累了,所以最后她决定还是留下来,除非你改变了主意,希望她回去。"

"不,我不改主意了。我想抓紧时间去喝上一杯,然后早点睡觉。"

"这样安排很不错。"丹尼尔说,"你不需要找保姆了。"

"你也不会孤零零一个人了,在痛失了道菲尔夫人这位朋友之后。"

两个人在笑声中挂断了电话。

孩子们望着他走进屋,笑容还挂在他脸上。

"是谁的电话?"

"你们的妈妈。"

"真的吗? 她想干什么?"

"就是聊聊天儿。"丹尼尔说,"没什么急事。刚才我们的故事书读到哪儿了,娜宝?"

娜塔丽让他从头开始再读一遍。他翻到书的开头。第一页的图画里有一条河,清亮的蓝绿色河水在流淌;柳树优雅地俯向自己的倒影;沿岸小小的房舍色彩醒目,鲜艳明亮;晴空下,燕子在盘旋飞翔。

"许多许多人都曾经去寻找过明镜河,"丹尼尔读道,"那河水像玻璃一样平滑。只要喝上一口这里的河水,每个人心中就会得到安宁。住在明镜河畔的人家,从来都不会有争吵……"

他不用照着书念也能继续讲下去,这个故事他早已烂熟于心。他抬眼看了一下,发现两个大孩子正朝对方咧着嘴笑呢。

而最小的那一个,捏了捏他的手。